## CHRISTIAN ASTOLFI

Christian Astolfi est né en 1958 à Toulon. Fils d'ouvriers, il a travaillé plusieurs années à l'arsenal maritime de Toulon avant de devenir conseiller principal d'éducation pendant plus de vingt-cinq ans. Il vit actuellement à Marseille. Son premier roman, *Les Tambours de pierre* (2007), a été retenu dans la sélection du prix Robert-Walser, en Suisse, et du Prix littéraire des lycéens et des apprentis de la région Provence-Alpes-Côte d'Azur. *Une peine capitale*, publié chez Flammarion en 2014, s'est vu décerner le Prix du deuxième roman de la librairie Colophon à Grignan. Son troisième ouvrage, *Cette fois je ne t'attendrai pas*, paraît en novembre 2018 chez le même éditeur. Son nouveau roman, *De notre monde emporté*, a paru en 2022 aux Éditions Le bruit du monde et a remporté le Prix du Livre France Bleu – *PAGE des libraires*.

# DE NOTRE MONDE
# EMPORTÉ

CHRISTIAN ASTOLFI

# DE NOTRE MONDE EMPORTÉ

le
bruit
du
monde

Pour plus d'information :

#lisez!
engagé
www.lisez.com
Imprimé sur du papier issu de forêts gérées durablement.

© Christian Astolfi, 2022.
© Le bruit du monde, 2022.
ISBN : 978-2-266-32876-0
Dépôt légal : mars 2023

*À Paul et Dominique,
à leurs vies majuscules.*

*Alors*
*sur le sommet des pins,*
*la paresse*
*apparut toute nue,*
*elle m'emmena, ébloui,*
*et somnolent,*
*découvrir pour moi sur le sable*
*de petits morceaux brisés*
*de substances océaniques* […].

Pablo Neruda,
« Ode à la paresse », *Odes élémentaires.*

Paris, mars 2015. Nous sommes quatre ce matin-là, quai de l'Horloge, en bord de Seine. Quatre, camarades de longue date, stoïques et silencieux. Nous avons cette allure de collégiens punis qui ne comprennent pas vraiment ce qu'on leur reproche. Deux d'entre nous encadrent un troisième assis sur une chaise roulante – tête aux joues creuses, cou de poulet émergeant d'un grand foulard qui le protège, deux canules d'oxygénation creusant les narines et s'enroulant autour des pavillons auriculaires. Celui de gauche, grand de taille, se tient le buste légèrement incliné. Celui de droite, petit bonhomme, paraît embobiné dans son vêtement de pluie, l'air absent, tel un piquet planté là à son insu. Je complète le quatuor, casquette sur le crâne, mains dans les poches.

Autour de nous, massés sur le trottoir, débordant sur la rue, ils sont une ribambelle à nous ressembler de près ou de loin. Des hommes bien sûr, figures fripées, joues flasques, cheveux grisonnants ou clairsemés, leurs habits cachant mal l'embonpoint des uns, la maigreur des autres. Plus ou moins âgés. Mais tous tôt vieillis. Engoncés dans leurs parkas ou gabardines. Regards perdus ou dissimulés derrière leurs verres fumés. Des femmes aussi. Des femmes qui pourraient être nos femmes ou encore nos mères. Des potelées, des mai-grelettes, des ridées, des blanchies. Vêtues de cirés, de manteaux de laine, d'écharpes sobres. Coiffées de mises en plis, de permanentes, de boucles sculptées à grand renfort de bigoudis. Au-dessus de leurs têtes, elles tiennent des pancartes montrant les portraits de leurs disparus – des joufflus, des couperosés, des chauves, des moustachus –, leurs noms dessous en légende. Médaillons de pierres tombales. Elles font le pied de grue depuis la première heure du jour. Certaines arrivées dès l'aube par les autocars de nuit. D'autres venues par le premier train métropolitain. Quelques-unes tournent en rond sur la chaussée comme celles de la place de Mai à Buenos Aires. Veuves silencieuses. Parfois, des passants interrogent du regard notre curieuse assemblée. D'aucuns s'arrêtent quelques instants, comme devant une vitrine animée, avant de poursuivre leur marche le long de la Seine.

Tantôt, une pluie fine a commencé à tomber. Elle fouette doucement nos visages. Nul parmi nous n'esquisse le moindre mouvement de repli. Tous, nous restons de marbre. Yeux secs. Lèvres muettes. Mains dans les poches ou sur l'anse des sacs à main. Rien de ce que nous ressentons ou pensons ne se voit ni s'ébruite. Nulle voix ne s'élève. Nul souffle ne s'échappe. Nous sommes là parce que nous attendons… Nous attendons l'arrêt de la chambre criminelle de la plus haute juridiction de l'ordre judiciaire de ce pays, sur le pourvoi que nous avons formé pour homicides et blessures involontaires dans le scandale sanitaire qui nous frappe. Le scandale qui a jeté sur nos vies depuis plus de vingt années un voile de malheur. Le scandale pour lequel nous réclamons à nouveau qu'on nous fasse réparation. Le scandale de l'amiante.

J'ai plongé. J'ai vu l'homme divaguer quelques secondes au bord du bassin avant de basculer dans l'eau trouble, entre les taches d'hydrocarbure, et commencer à couler tel un plomb. Une chute de six bons mètres, la tête fouettant l'air, les membres ballants, le corps vrillant telle une toupie avant de toucher la surface miroitante. Je n'ai pas réfléchi. J'ai plongé. J'ai sauté au plus près de lui. Je l'ai agrippé par les aisselles, tracté jusqu'aux marches de pierre, et ceux qui étaient là, spectateurs ahuris, m'ont aidé à le hisser sur le quai.

Les secours sont arrivés presque aussitôt. Ils lui ont retiré son masque de protection, ouvert sa veste de travail, et ont insufflé de l'air dans ses poumons, en alternance avec des massages cardiaques. L'homme paraissait très jeune, le corps longiligne, les os saillants, le visage amaigri, les yeux révulsés, les lèvres gonflées et brûlées par le soleil. Sa peau noire luisait sous les mains des sauveteurs. Je me suis attardé plusieurs minutes, immobile, un peu hébété, trempé jusqu'aux os. Je n'arrivais pas à quitter la scène qui se déroulait sous mes yeux. Comme si en sortir était la passer sous silence. Je pensais aux conséquences dramatiques qu'aurait eues sa chute si elle s'était produite trois mois plus tôt, le bateau encore posé sur ses cales, le bassin à sec, sa pierre dure contre laquelle l'issue aurait été probablement fatale. Il y avait ce souvenir qui ne m'avait pas quitté, ma première année de travail aux Chantiers… Le décrochement d'une nacelle, les câbles qui avaient cédé sous le chargement du plateau, ces deux piqueurs de rouille qui avaient dévissé comme le long d'une paroi de givre, leurs corps qu'on avait ramassés sans vie, et emportés dans des cercueils de toile blanche.

De mon rescapé, j'apprendrais plus tard qu'il s'agissait d'un ouvrier intérimaire, peintre de son état ou employé comme tel, qui appliquait, depuis le matin, à la hauteur de la ligne de flottaison, un antifouling. Le jeune homme avait été victime à retardement de l'ivresse caractéristique des expositions au tributylétain. Ce composant toxique des peintures qu'on appliquait à l'époque, sans retenue, sur les coques des navires pour empêcher les organismes aquatiques de s'y fixer.

À la fin de la journée, je me suis rendu à la baraque de l'entreprise sous-traitante. À l'intérieur, le contremaître était en train de planifier le travail pour le lendemain avec un de ses adjoints. Il ressemblait à un bouledogue, les joues tombantes autour d'une bouche large aux lèvres retroussées. J'ai eu l'impression de déranger, d'évoquer devant eux un événement qui s'était déroulé dans un passé lointain. Le type m'a répondu sans lever le nez de son planning. Pourquoi s'en faire ? Le jeune peintre avait repris connaissance. Allait-il bien ? Il ne s'en était pas plus inquiété que cela. Eux en tout cas étaient passés à autre chose depuis un moment. Le travail, lui, n'attendait pas. C'est quand j'ai osé demander d'où l'homme venait, quel âge il avait, que le contremaître a levé les yeux. Il a posé sur moi un regard incrédule au-dessus de ses poches de peau. D'où pouvait sortir ce type, fût-il le sauveteur, pour lui poser pareilles questions ? D'après toi ? m'a-t-il répondu. J'ai fait une moue d'incompréhension. Il a pointé son doigt sur la vitre sale de la baraque en direction de la mer. Comme tous les autres Bamboula, de l'autre côté, après, du Ghana, de la Côte d'Ivoire, du Sénégal, c'est tout pareil, non ? Tu crois pas ? De toute façon, ils se ressemblent tous. Quant à leur âge, avec eux, on peut jamais savoir. C'est comme le Loto, c'est toujours improbable, et ne crois pas que je pense à mal en disant ça. Je suis sorti groggy de la baraque. Comme si on venait de me mettre un coup de poing en pleine figure. Celui d'une réalité que je regardais alors de loin, sans jamais la toucher du doigt.

Le lendemain, j'ai cherché en vain à reconnaître le jeune homme – sa silhouette, son allure – sous les enveloppes de chiffons qui enrubannaient les têtes des ouvriers travaillant pour la sous-traitance, mais rien ne m'a permis de le distinguer de ses frères de labeur. Je me suis adressé à certains d'entre eux, pensant en apprendre davantage. Je le décrivais physiquement, leur rappelais l'événement de la veille, comme l'aurait fait un détective à la recherche d'un inconnu dont il ne savait donner qu'un portrait succinct. Mais personne ne semblait le connaître. Ni ne savait ce qu'il était devenu. Comme s'il s'était volatilisé. N'étaient le souvenir amer de ce sauvetage, et cette bosse au front, faite en heurtant la pierre alors que je touchais au quai, j'aurais pu croire avoir rêvé.

Lequel de mes camarades de travail, à la suite de cet événement, m'affubla le premier du surnom de Narval ? À vrai dire, je n'en sais rien. Je crois même que je n'ai jamais cherché à percer le mystère. La seule chose que je me rappelle, c'est la manière épique dont cela se déroula.

Il était encore tôt, le jour en attente, un disque pâle de lune posé au-dessus de la rade, les Chantiers silencieux. C'était la prise du travail. J'avais quitté les vestiaires parmi les derniers, et me dirigeais vers l'atelier devant lequel nous nous rassemblions chaque matin avant d'embarquer. Quand j'entendis, venant du groupe que je m'apprêtais à rejoindre, une voix tonner : Oh, Narval ! Une voix puissante, une voix méconnaissable, répétant à nouveau, par deux fois : Oh, Narval ! Et derrière, instantanément, d'autres voix, différentes, reprenant : Oh, Narval ! comme une balle reprise au bond. Je n'ai pas compris immédiatement qu'elles s'adressaient à moi. Que c'était moi qu'elles désignaient ainsi. Moi qu'elles étaient en train de faire entrer dans la légende. De celles qu'on raconte sur les carénages, dans les ateliers de réparation, de bouche à oreille, d'ouvrier à apprenti. Je me suis avancé vers les voix, intrigué. Une à une, elles sont apparues dans la lumière du spot qui éclairait le quai. J'ai compris que j'étais le sujet de leur admiration. Des visages familiers se sont fendus de sourires. Des mains se sont tendues. Ont serré la mienne avec effusion. Tapé amicalement sur mes épaules. Le chef d'équipe lui-même y est allé de son accolade. M'est revenu alors le visage tétanisé du jeune intérimaire, sa face liquide à fleur d'eau, mes mouvements de bras rapides, un rien désordonnés, pour le tirer du bassin. J'ai porté instinctivement la main à mon front, là où la bosse s'était formée. Il ne restait qu'une plaie dont l'origine, elle, était plus profonde.

Longtemps Narval demeura ce surnom qui me prenait par surprise.

La Seyne-sur-Mer, octobre 1972. Je passe pour la première fois la porte des Chantiers. Il fait encore nuit. C'est un matin venteux qu'une levée de nuages sombres viendra tôt épaissir. Il pleuvra en journée. Une de ces averses drues qui tombent sans crier gare et vous transpercent le corps en un rien de temps. J'ai vingt et un ans. La veille, j'ai été embauché comme graisseur. On m'a remis un bleu de travail, une caisse à outils, attribué un numéro matricule, et un vestiaire – le mien est au fond de la dernière rangée, sous un néon qui cligne de l'œil, face à un mur cloqué. À l'autre bout, il y a celui de mon père. Profession : ajusteur. Figure grisonnante. Regard bleu. Mains grossières et pourtant si adroites. Renommé pour la précision de son coup de lime – le trait parfaitement croisé sur le métal, la cote ajustée au centième. Pendant des années, nous nous changerons dans la même odeur de linge humide, traversés par le même frisson, au sortir de la douche, les soirs d'hiver. Pendant des années, je ne cesserai de l'épier, observant à la dérobée son corps sec, ses fesses plates, ses jambes glabres, ses gestes lents, sa démarche légèrement empruntée, et la pudeur presque viscérale qui le conduit à ne dénouer sa serviette de sa taille qu'une fois son slip enfilé par-dessous, à la façon de ces changements périlleux que l'on opère l'été sur le sol instable de la plage pour retirer son maillot humide.

Je longe le quai, passe sous la flèche d'une des deux grues sur rail qui encadrent le bassin de carène, et rejoins l'atelier de retouches que l'on m'a désigné comme lieu de ralliement. À l'intérieur, un homme vient à ma rencontre. Il porte un casque blanc. Il a un visage mastoc, des taches de rousseur, un physique d'haltérophile, une poigne de fer, un nom imprononçable, d'origine alsacienne. J'apprendrai plus tard qu'entre mécaniciens, on le surnomme Cornière, pour sa manière raide de se tenir et de se déplacer d'un pas rapide. Pendant cinq années, il sera mon chef d'équipe. Du supérieur hiérarchique, je mesurerai la juste appréciation des événements, la parole claire, le soutien dans les difficultés, la solidarité à tous crins avec ses ouvriers. De l'homme, je ne saurai rien, sinon les affres de la solitude de vieux garçon que certains lui attribueront pour remplir une vie trop discrète pour être acceptable.

Au fond de l'atelier, mes futurs compagnons de travail discutent autour d'un établi. Cornière me présente comme le fils de… Quelques sourires se détachent, des mains amicales se tendent. On me propose un café. Ici on le boit soluble et dans un verre. Comme en Afrique du Nord, me dit un petit homme, l'œil malicieux, dont je deviendrai assez tôt camarade. J'accepte par politesse. Le goût corsé m'incommode, mais je l'avale sans sourciller. Je n'y dérogerai jamais. Rituel immuable. La nausée, elle, s'évanouira, avec la force de l'habitude.

Le soir, une fois rendu à la ville, j'ai la sensation de sortir d'un monde pour entrer dans un autre.

Elle ne me quittera plus. À l'image de mes camarades, chaque fois qu'on me posera la question, je ne dirai jamais que je travaille aux Chantiers, mais que j'en suis. Comme on est d'un pays, d'une région, avec sa frontière.

Le lendemain, on me donne un mentor. Un mécano, comme moi. Un ancien. Un vieux de la vieille. De ceux dont on dit qu'ils font partie des meubles. Ceux qu'on a toujours vus, avec leur dégaine, leur façon de prendre de l'âge sans qu'il y paraisse. Comme s'ils n'avaient jamais eu de duvet en guise de moustache. Un minutieux. Un taciturne. Le bonhomme ressemble à un vieux hibou avec ses cheveux dressés autour de sa tête, son nez en bec d'aigle, et cet œil qui perce les âmes les plus opaques. Les premiers mois, je me tiens dans ses pas, comme à l'affût. Je guette les variations de ses gestes, leur précision. J'écoute le déroulement de sa pensée. Les diagnostics qu'il pose, le peu de mots qu'il dit, la part des choses qu'il fait, séparant l'utile du dérisoire, suffiront à m'apprendre le métier. Sous son regard, je mettrai les mains à la pâte, là où les erreurs enseignent davantage que les conseils. Comme avec le réglage des TPA, les Turbo Pompe Alimentation, la Rolls des travaux de mécanique bateau. Un travail au doigt et à l'ouïe qui lui vaut son surnom : l'Horloger. Une main sur le tournevis crocheté entre le pouce et l'index, et l'oreille pointée sur la vibration du corps d'acier trempé, avec juste ce qu'il faut de doigté pour que ce dernier émette le son juste. Accord majeur parfait livré par la turbine.

Après son départ en retraite, je me sentirai orphelin. Comme privé d'un membre dont je chercherai jusqu'à la fin la présence fantôme.

Je mettrai plusieurs semaines à appréhender cette terre de béton gagnée sur la mer : son périmètre, sa topographie, sa signalétique particulière.

Les premiers temps, je me perds. Je foule les vingt-deux hectares de superficie, tel un novice. Je vais sur les chemins d'accès, le long des quais, je traverse les carrefours, les ronds-points, les bifurcations, je passe les issues, la tête en l'air. J'ai l'impression de tourner en rond. Je cherche des points de repère. Je lève les yeux. La seule chose que je vois, c'est le pont levant, immense. Pic dressé devant la darse, chemin de fer reliant les Chantiers à la gare ferroviaire une fois abaissé. Je m'oriente grâce à lui. Je situe dans son sillage les grands comme les petits ateliers. La Forge et ses énormes poutres de soutènement où façonner, mouler, pilonner les coques. La Tôlerie – sa marquise reconnaissable de loin dont on disait qu'elle avait coiffé jadis l'ancienne gare de Saigon – où plier, souder, assembler les charpentes métalliques. La Chaudronnerie de l'autre côté du grand bassin de carène où rétreindre et couder les collecteurs et les tuyauteries. La Mécanique, plus récente, tout en charpente métallique, où usiner les métaux. Les ateliers de retouches le long des quais, numérotés en chiffres romains. Les zones de stockage, les aires de déchargement, les magasins d'outillage, tous ces points de regroupement vers lesquels converger à un moment ou un autre de la journée.

Mais la géographie ne suffit pas à en faire le tour. Il me faut apprendre de cette communauté à laquelle j'appartiens. Ses codes, ses rites, son langage. Reconnaître ses signes distinctifs. Comme des marqueurs du temps. Depuis 1853, elle est là, à tenir la ville debout, à nourrir ses enfants – eux poussant avec la même racine insouciante du lendemain, la même conviction d'être encore là dans mille ans. Cent trente-six années. Ce n'est pas un jour ! Tant d'événements, de guerres, de révolutions sont passés depuis. Je fouille la mémoire des morts. J'écoute celle des vivants. Je visite les traces des anciens. Je passe là où ils sont passés. Je mets mes mains là où ils ont mis les leurs. Je frotte mon corps là où ils l'ont frotté.

Le soir, quand je quitte les Chantiers, j'ai le sentiment que toute la ville le sait.

Et puis il y a la Machine. Sa morphologie, son univers à part. Pour elle, j'ai dû prendre plus de temps, l'explorer, l'écouter, la sentir vibrer, l'habiter, gagner en expérience, avant de réellement l'appréhender.

La première fois, j'ai cru pénétrer sous terre. Il y avait cette trappe qui ouvrait sur la raideur d'un escalier métallique, des marches serrées et graisseuses. Je me suis tenu à la rampe, j'ai baissé instinctivement la tête, et je suis descendu à l'aveugle. J'ai débouché dans un espace clos, éclairé à l'halogène, ventilé à l'air recyclé, meublé de blocs d'acier, de tuyauteries, de gaines en tout genre, traversé de passerelles de tôles, de chemins de câbles, tortueux et enchevêtrés, comme des forêts sans lumière où se frayer un passage. Je me suis fié au pas de l'Horloger, je l'ai pris fidèlement, et je ne l'ai plus quitté de la journée.

Nous sommes des dizaines, chaque jour, des centaines au fil du carénage – employés des Chantiers, contractuels, intérimaires – à y descendre de la prise du matin à la libération du soir sous la sirène hurlante sifflant la fin de la journée de travail, nous autorisant à passer la coupée et à rejoindre les vestiaires. Tous habillés de la même façon. Bleu de travail délavé, chaussures de sécurité alourdissant la marche, casque antichoc vissé sur le crâne, gants de cuir grossier, lunettes enveloppantes, bouchons d'oreilles collés aux tympans ; l'hiver, bonnet serré aux tempes, cagoule ou passe-montagne enfilé comme un masque, l'été, chemise ouverte sur les marcels, bandeau de transpiration ceinturant le front. Tous dans cet endroit bas de plafond, au plancher incertain. À travailler, penser, parler, rire, s'accorder, s'opposer, vivre, quoi ! Les uns appliqués à ces gestes qui font leur métier. Régler, démonter, mesurer, remonter, visser, boulonner, souder, découper, décaper, scier, percer. Les autres tenus de suivre le sentier sinueux des lieux, passage obligé, issue par laquelle sortir des fonds de cale, de la zone des ballasts, et rejoindre les ponts supérieurs. Où retrouver l'air respirable, le vent qui vous fouette le visage, le temps d'une cigarette, avant de replonger. Comme en apnée. Jour après jour. Mois après mois. Jusqu'à ce que le chantier pris dans les filets du carénage – sa charge de travail fluctuante, ses aléas, ses avaries, son glissement calendaire, débutant souvent un été et s'achevant parfois bien après les premières chaleurs du suivant – se termine enfin. Que le navire réparé, nettoyé, toiletté, quitte le bassin de carène, remis à flot, de nouveau prêt à prendre le large, tel un cétacé régénéré. Qu'avec lui s'interrompent les bruits des mécanismes, ceux des passages des fluides hydrauliques, des frappes des percuteurs, des mouvements des pistons. Que s'éloigne la chaleur des turbines, celle des collecteurs d'eau ou d'huile. Que cesse l'exposition aux postures inconfortables, aux frottements inévitables, aux chocs imprévisibles, aux vibrations des outils, aux poussières tombant comme colonnes de cendres négligées au bout de cigarettes consumées – serpents invisibles entrant sous la peau, pénétrant les corps, et rongeant lentement les vies. Jusqu'au prochain carénage.

Quand nous sortons de la Machine, nous recherchons tous la même respiration – poumons gonflés, bouche entrouverte –, la même liberté de mouvement pour enfin redresser nos squelettes, tirer sur nos muscles ankylosés, dégourdir nos jambes, mouliner l'air de nos bras, la même lumière naturelle, le regard planté dans le ciel, à cligner des yeux pour accommoder. Certains jours d'hiver, le travail le réclamant, il m'arrive même de ne jamais apercevoir le soleil de la journée. Je passe là coupée avant son lever, sous les spots aveuglants qui éclairent le quai et la coque massive du navire. Je n'en ressors qu'au soir tombé. Avec cette seule idée en tête d'arriver à la fin de la semaine, l'espoir chevillé au corps que le temps se mettra au beau, et que je pourrai passer du temps en bord de mer.

La première fois que je vois Jo Scarpini, il est noyé sous un flot d'étincelles jaillissant de la matière en fusion sous le feu de son chalumeau. Il se tient accroupi, imperturbable dans une position inconfortable, et ouvre une brèche de trois mètres carrés dans le plafond de la Machine pour laisser passer un bloc de mécanique de plusieurs tonnes que l'Horloger et moi avons décidé de réviser en atelier. Il me fait penser à ces travailleuses des rizières en terrasses dans cette Indochine dont me parlait mon père quand il évoquait ses années de navigation aux Messageries maritimes. Quand il se redresse enfin, après avoir éteint la combustion de son outil, je découvre un petit bonhomme, le visage mangé par une barbe de bûcheron, un calot de bagnard vissé sur une toison frisée. Une allure de cheminot dans *La Bataille du rail*. Il relève ses lunettes de soudure sur son front, roule deux yeux ronds dans ma direction. Alors comme ça, t'es le fils de Paul ? J'opine du chef. Il retire ses gants de protection, et me tend une main aux doigts jaunis par la nicotine. Aux Chantiers, tout le monde m'appelle Barbe, ajoute-t-il en se lissant le poil. Il doit avoir à peine quelques années de plus que moi, mais en paraît bien davantage.

Chaque matin à la prise du travail, je le regarde arriver, poussant sur le quai son chariot à bras. Deux immenses bouteilles de gaz armées de détendeurs dressées au-dessus de sa tête comme des tours, et, lovés autour de son torse, deux tuyaux flexibles, le rouge pour l'acétylène, le bleu pour l'oxygène, tels les boyaux d'un coureur de la Grande Boucle des années cinquante. Il gare son matériel devant l'atelier. Il me fait signe. On entre prendre un jus tenu au chaud dans une Thermos et griller une cigarette, avant de franchir la coupée. On parle de la vie des Chantiers, de la ville, de politique. Il y a là avec nous quelques autres. Toujours les mêmes. Des mal réveillés, rasés à la va-vite, cheveux, ou ce qu'il en reste, mal peignés, leurs membres flottant dans ces bleus de travail toujours mal ajustés. Compagnons de tous les carénages.

De tous, Lino Fontana est le plus respecté. Reconnaissable entre mille. Une carrure imposante. Des épaules de déménageur. Des pectoraux et des biceps à la Bruce Lee. Et un visage carré sur lequel tombent raides des cheveux longs, ceints d'un bandeau rouge qu'il ne quitte jamais. Lino est d'origine italienne. De Sienne. Il le revendique sans brutalité. Comme on porte un accent. Sur le choix de son prénom, il raconte que sa mère, une Sicilienne, était amoureuse du grand Lino, Ventura. Pas celui du *Clan des Siciliens* ou de *L'Armée des ombres*, mais plutôt celui de *125 rue Montmartre*, de *Boulevard du Rhum*. Le côté dur au cœur tendre. Du coup, Lino a pris le rôle au sérieux. Il a dans son attitude quelque chose de son glorieux aîné. De la guimauve à revendre sous ses muscles saillants. Quand on lui demande comment il a échoué sur ce bord-ci de la Méditerranée, il lève les yeux au ciel, et répond à qui veut l'entendre que l'amour fait parfois tourner les têtes, comme le mauvais vin.

Ceux qui le débaptisèrent, en tout cas, ne devaient pas avoir les mêmes références cinématographiques. Ce fut du côté du *Massacre de Fort Apache* et de *La Charge héroïque* qu'ils allèrent chercher. Pour eux, Lino c'était Cochise. Le plus fort et le plus loyal des grands chefs indiens. Avaient-ils reconnu chez Lino la droiture et le courage de l'illustre guerrier ? Certains prétendaient qu'il montait des chevaux à cru, et qu'il vivait sous un tipi dans l'arrière-pays. Peut-être ceux-là ne savaient-ils pas que sur la grande place de Sienne, aussi, on conduit chaque année des chevaux dans une course effrénée.

Cochise, je l'ai remarqué dès le premier jour dans les vestiaires. Il a déménagé à lui seul quelques armoires, comme si c'étaient de simples colis coincés sous ses aisselles. Son métier, c'est appareilleur. Dans la Machine, il déplace toute la journée des charges à l'aide de treuils et de palans. Il tire de haut en bas sur des chaînes pour lever des blocs d'acier de fort tonnage, et les faire passer par les ouvertures ménagées entre les ponts. Sa force paraît inépuisable. Souvent, je l'observe à la dérobée, admiratif. Comme si je regardais Hercule accomplir un de ces travaux aux humains demeurés impossibles. Mais sa plus grande qualité, c'est sa camaraderie. S'il y en a bien un parmi nous qui l'offre sans compter, c'est lui.

Quand Pierre Legrand débarque aux Chantiers, Cochise est le premier à lui poser la main sur l'épaule. Pierre arrive du site de Dunkerque. C'est un ch'timi. Un vrai de vrai. On l'a trouvé un matin d'hiver, sentinelle devant la baraque de chantier, bien avant la prise du travail, ses outils en vrac dans une gibecière de peau, couvert comme saint Georges. Il ressemble à un héron cendré. Une perche de presque deux mètres, le corps long et sec, le cou tendu, la tête posée tout en haut, comme en équilibre sur une colonne d'os. Le chef d'équipe nous l'a simplement présenté comme un nouveau collègue chaudronnier. Lui a seulement dit qu'il venait de Dunkerque. Pourquoi avions-nous le sentiment diffus que d'autres ne tarderaient pas à le suivre ?

C'est Barbe qui lui a donné son surnom de Mangefer. Avec ses cheveux drus, ses joues creusées et son teint pâle, il ne pouvait pas rester longtemps à s'appeler Legrand. C'était comme le laisser dans l'anonymat. Mangefer, il a cette façon de ne jamais lâcher l'ouvrage – une cigarette au bec, sans prendre le temps de la griller, la colonne de cendres penchant pire que la tour de Pise –, la tâche à peine finie, commençant aussitôt la suivante, toujours une longueur d'avance sur le travail, l'outil comme soudé à la main. Son surnom ne fut pas très difficile à trouver. Au début même, d'aucuns le regardaient comme un ouvrier zélé qui veut être dans les petits papiers des chefs, et puis tous ont compris que l'homme portait en lui le gêne maladif du travail. Jusqu'à ses jours de repos abandonnés à ce bricolage en tout genre dont il ne pouvait se défaire, ses mains d'or mises au service des uns et des autres.

À l'opposé de Mangefer, il y a Jean Fernandez. Petit, remuant, le ventre replet, le verbe haut, brassant de l'air. Sa réputation dépasse de loin celle des Chantiers. Connu dans la ville comme le loup blanc. Né de l'autre côté de la Méditerranée. Un Oranais. Nostalgique de la Radieuse. Plus qu'un bavard, un véritable moulin à paroles. Il ne s'arrête que pour reprendre sa respiration. Quand il ne parle pas, il chante ou siffle. Quand il ne chante ni ne siffle, il parle. Même la bouche pleine, il continue sa logorrhée. Comme s'il craignait d'avaler les mots en même temps que la nourriture. Tout n'est chez lui que précipitation. Comme s'il avait en permanence le feu aux trousses. Arrête de filocher tout le temps, a-t-on fini par lui répéter. Filocher, Filoche, les mots ont glissé sur toutes les langues, et le surnom lui est tombé dessus, comme un héritage. Filoche est calorifugeur. Il débarque dans la Machine avec de grands sacs de jute contenant les rouleaux d'amiante. Son travail consiste à démonter et remonter les matelas qui ceinturent les grands collecteurs de vapeur. Il dégrafe et agrafe la fibre tressée, la remplace quand c'est nécessaire, avant de la mettre en boule comme simple ballot de paille. À la fin de la journée, il ressemble à un boulanger qu'une fine pellicule de farine recouvre. Avec les autres, on en rit. Lui prend la mouche.

En quelques mois à peine, la Machine nous lie, les Chantiers nous tiennent ferme, main dans la main, chacun important aux yeux des autres.

À cette époque, je vivais avec Louise dans un deux-pièces, derrière le port de plaisance, à deux pas de la grande place où s'installent les revendeurs les jours de marché. Louise travaillait à l'hôpital public de la ville. Dans son service, on regardait la vie s'éteindre comme la flamme d'une bougie qu'on finit par pincer entre deux doigts, tellement elle est réduite à rien. Nous nous étions connus au bout de la presqu'île, là où les rochers font des niches pour les solitaires. Il y avait du soleil, un peu de brise, quelques embruns, et l'ombre des pins qui descendait sur une crique aux pierres plates. Je venais y chasser, elle, nourrir sa tranquillité, un livre à la main. J'avais regardé sa chute de reins, ses seins ronds qu'elle exposait sans retenue, ses mèches de cheveux qui se balançaient devant ses yeux, et la mouche naturelle sous sa lèvre inférieure. Elle avait une manière de tenir sa clope entre ses doigts qui me ravissait. Elle m'avait fait penser à Claudine Auger dans *Opération Tonnerre*, avec Sean Connery. Mon père m'avait emmené voir le film à sa sortie, en 1965, au Casino, l'ancien cinéma de la ville. Je crois bien que c'est la seule fois d'ailleurs que nous y sommes allés ensemble. Je suis resté longtemps fasciné par la beauté de l'actrice dans cette adolescence qui détalait à grands pas. My name is Bond, James Bond, avais-je dit en mimant avec mon index et mon majeur collés contre mon torse le Walther de 007. Louise avait ri, m'avait chambré gentiment, puis elle m'avait croqué sur son carnet à dessin, avec un smoking et le silencieux posé contre la joue, à la manière de Sean. Elle avait un joli coup de crayon, un goût prononcé pour le portrait.

Je ne me rappelle plus lequel des deux ensuite avait adressé la parole à l'autre. Ni comment le fil de l'histoire nous avait rapidement rapprochés. Sans doute avions-nous simplement la même envie de prendre un peu de bon temps. De profiter tant qu'on est jeune, comme disaient les anciens, avec leurs mines chargées de regrets. J'étais aux Chantiers depuis deux mois. Louise encore à l'école d'infirmières. Nous partagions la même urgence. Celle d'une indépendance à affirmer. Nous n'avions pas d'autre exigence. Nous avions posé nos sacs dans le premier appartement qui nous tombait sous les yeux. Nous nous étions assis autour d'une grosse bobine en bois qui nous servirait de table, la porte laissée entrouverte. Louise avait débouché une bouteille de vin qu'elle avait achetée le matin au marché. Et nous avions bu comme des enfants, dans l'insouciance du lendemain.

La suite, c'est le quotidien qui vous rattrape : ses calmes plats, ses soubresauts, ses habitudes, son cours ordinaire. Louise avait commencé à travailler à l'hôpital. Le jour, la nuit, les week-ends, elle se tenait en alerte comme un soldat mobilisable à tout moment. On se croisait. Elle partait quand j'arrivais. Rentrait quand je partais. Souvent c'était un jour sur deux. Comme dans un amour alterné. Parfois j'avais l'impression que nous prenions un de ces tourniquets, à l'entrée des grands magasins. Nos vies disparaissaient dans la rotation de nos emplois du temps. Alors on s'écrivait. Pour elle une lettre sur la table. Pour moi un mot collé sur le frigo. Elle s'appliquait, je me contentais de griffonner. Je me cherchais des excuses en répétant que je ne savais pas trouver les mots. Elle ne me croyait pas. Pour elle, chacun de nous est poète. Le seul témoin de ce manège épistolaire s'appelait Apollinaire : le chat qui habitait avec nous. C'est elle qui avait choisi son nom. J'aurais préféré Sonny, pour Sonny Rollins, dont les microsillons tournaient sur ma platine, mais les calligrammes de l'auteur des lettres à Lou l'avaient emporté sur les notes du saxophoniste.

Un calligramme, c'était un peu l'image que je me faisais alors de Louise. Je la regardais, je la détaillais, je cherchais à la lire dans tous les sens. Mais je peinais à la déchiffrer. Avec mes manières d'homme, mes gestes à l'emporte-pièce, ma voix qui résonnait et ne disait pas toujours les mots que ma tête pensait, j'avais la sensation à ses côtés de boiter. Et puis il y avait mes mains. Mes mains d'ouvrier. Mes mains rêches comme du papier abrasif. Mes mains frottées avec de la farine de bois et de silice, seul moyen d'éliminer véritablement la graisse qui incrustait leur peau. Mes mains qui en un rien de temps avaient pris un coup de vieux. Râpées, nervurées, abîmées, à force de les cogner contre les arêtes vives, de les tordre comme un linge à essorer, de les faufiler, anguilles de chair, entre les pièces saillantes, jusque dans les anfractuosités de la Machine. Parfois, le soir en rentrant, je n'osais même plus les poser sur son corps délicat. J'effleurais son visage du bout des doigts, j'embrassais ses lèvres, puis je les remettais au fond de mes poches, comme une honte à enfouir jusqu'au lendemain.

Printemps 1979. Nous sommes assis sur le pont arrière d'un pétrolier. Le plus gros tonnage que les Chantiers ont rentré depuis dix ans. Le navire a été gratté, lessivé, repeint, sa machine révisée, ses cales vidées, nettoyées, ses ballasts dégazés, son habitacle réhabilité. Des centaines de milliers d'heures de travail. Deux mille ouvriers des Chantiers. Presque autant de main-d'œuvre sous-traitante. Une entreprise digne d'un roman de Jules Verne.

Il fait grand beau, le ciel chemisé de bleu, le vent en sommeil. Nous fêtons la fin du carénage. On a étalé une nappe fleurie pour faire grands princes. On a apporté des pâtes à l'ail, de la brouillade d'œufs dans des gamelles émaillées, du saucisson, du pain à trancher, de la bière en packs de six à décapsuler sur les arêtes vives du pont. Je suis le seul à boire du Fanta orange. Une habitude que j'ai gardée de l'enfance, les après-midi d'ennui, les fesses sur le rebord du trottoir, face à l'alimentation où ma mère faisait ses courses. Autour de moi, on me raille gentiment. Il y a là Barbe, Cochise, Filoche et Mangefer. Nous nous ressemblons. Frères d'insalubrité. Nos bleus maculés de suie, de limaille de fer et de poussières fibreuses. Nos visages burinés et barbes de deux jours. Notre sueur coulant au front et le long de la nuque. Nos orteils endoloris à force de cogner au bout de nos chaussures de sécurité, retirées pour l'occasion avec soulagement.

La veille, j'ai terminé le réglage des TPA sans la présence de l'Horloger. Il a tiré sa révérence en plein carénage. Parti en retraite, pêcher la carpe dans les étangs de la Brenne, dont il est originaire. Il m'a laissé en héritage ses tournevis, son pied à coulisse, et un jeu de réglettes dans cet étui en cuir, gravé à son nom – Jean Petit –, qu'il tenait toujours à portée de main dans la poche revolver de sa veste de travail. Le jour de son départ, il y avait dans son regard comme un soulagement, la tâche accomplie, quatre décennies durant, la poignée de main chaleureuse, le propos sans regret ni nostalgie. Mon père l'avait précédé quelques mois plus tôt. Lui n'avait pas voulu trinquer. On ne fête pas les enterrements, avait-il répondu à ceux qui s'en étonnaient. Je l'avais observé débarrasser son vestiaire, sans un mot. On n'entendait que le bruit des jets de douche contre l'émail des cuvettes. Il avait fourré ses affaires dans un grand sac de toile, laissé le cadenas ouvert, pendu au crochet de l'armoire, et filé dans la nuit d'hiver, le pas allongé, le long du quai. Je n'avais pas fait un geste. J'étais resté à l'épier, comme derrière une jalousie, dissimulé par la porte de mon placard, traversé par ce souvenir, quand j'allais l'attendre, après l'école, à la cloche – la sortie des Chantiers – et que je rentrais, bienheureux, ma main dans sa paume charnue.

Maintes fois, par la suite, j'ai eu envie d'évoquer avec lui ce départ à la dérobée. Son urgence à tourner la page. Mais je n'ai jamais trouvé comment m'y prendre. Comme au pied d'une roche à gravir, une voie impossible à ouvrir.

Je me lève. M'accoude au bastingage. Mes amis font cercle à même le sol. Taches grises sur la peinture au minium du pont. D'une oreille distraite, j'écoute Filoche, ses rodomontades, sa voix qui monte et descend comme une montagne russe. Cochise, à ses côtés, yeux clos. J'imagine qu'il rêve à ses excursions solitaires. Barbe, lui, somnole, à demi allongé, la clope au bec. Le matin même, il a refermé la dernière brèche d'un cordon de soudure, torsadé telle une natte, large de deux bons doigts. Mangefer finit lentement son repas. On croirait un moine entre deux méditations. Je me dis que nous formons désormais un clan de camarades qui ne se démentira plus. Je me penche à la verticale de la ligne de flottaison. Avec le renflement de la coque, je ne distingue pas la proue du navire. Je ne vois que la mer qu'il va prendre dans quelques jours, tournant le dos à la ville tant de fois spectatrice.

Pendant deux années, la ville aura aperçu sa coque barrant l'horizon. Aura entendu les bruits de l'ouvrage répercutés jusqu'à la tombée du jour. Emboutisseurs pilonnant l'acier, tôliers pliant les métaux en feuilles, chaudronniers coudant les grands collecteurs, riveurs fixant les gabarits, découpeurs perforant les ponts, grutiers transportant la matière. Le travail des Chantiers au vu et au su de tous. Appartenant à chaque famille. Tel un bien public. Échos rassurants de ce tout va bien. Le carnet de commandes plein.

Comment imaginer à cet instant que tout cela, un jour, puisse disparaître ?

Les premières rumeurs nous parviennent l'année suivante – le tonnerre à peine ébruité. Un mot traîne à nos oreilles que nous entendons pour la première fois : concurrence. Il a traversé l'Atlantique, arrive du pays du Soleil-Levant. S'ajoute à ceux de choc pétrolier et de crise mondiale. À ce moment-là, nous ne savons rien de cet assemblage et de ses conséquences. Insouciants et sûrs de notre force. À l'image de la ville.

C'est l'été, les premiers jours de juillet. Nous avons débuté les horaires blocs. Leur rituel immuable. Prise du travail à six heures, pause-déjeuner de trente minutes à onze heures, arrêt à quatorze heures, au plus fort de la chaleur. Huit heures par jour. Cinq jours par semaine. Dans le bassin principal, un bateau-citerne est en carénage depuis la fin de l'hiver. Il ressemble à un parallélépipède géant, fait d'un seul tenant. Son unique pont est jalonné de colonnes et de tubulures de toutes formes et diamètres qui lui donnent un air de palais hétéroclite. Le traverser, de la proue à la poupe, relève du parcours du combattant.

J'ai commencé la révision complète des deux moteurs Diesel qui cadencent sa navigation. Ces derniers jours, la température dans la Machine est subitement montée.

Nos peaux n'absorbent plus la moiteur qui y règne, nos vêtements blanchissent sous les traces de sueur. On croirait un four qui avale des linges mouillés dont nos corps sont prisonniers. Notre dépense énergétique suit la courbe des manomètres qui règlent la pression d'huile et de vapeur d'eau. De temps en temps, notre rythme cardiaque s'accélère, comme lors d'une poussée de fièvre. Dans ma poitrine, je sens le mien s'emballer comme dans ces tonneaux géants de fête foraine où j'entrais, gamin, quand la vitesse de rotation me plaquait contre la paroi par la seule force centrifuge, le souffle plus court, la poitrine soulevée, le visage déformé. À la fin du cycle de travail, je suis vidé, gagné par la sensation d'avoir couru un marathon solitaire. Seul Mangefer ne paraît jamais éprouvé. Parfois, je l'observe se faufiler entre les tuyauteries, les enjamber, se jouer des blocs d'acier qui font obstacle avec une souplesse déconcertante. Il ne se donne jamais de répit – machine dans la Machine –, le corps sec, le muscle longiligne, l'œil vif, le regard en alerte, concentré sur sa tâche, vers le but à atteindre, tels ces coureurs de fond éthiopiens des hauts plateaux qui ne paraissent jamais au bout de leur souffle.

De retour chez moi, je ferme les persiennes de la chambre, et je m'allonge, nu, sur le dos, les bras le long du corps. J'évite tout mouvement. Je garde le plus longtemps possible cette immobilité. J'attends que ma température cutanée redescende. J'ai l'impression d'être un plongeur de grande profondeur respectant les paliers de décompression nécessaires. Une force inconnue me tient éveillé malgré la fatigue. Je suis un terrain vague que mon esprit visite sans y chercher quoi que ce soit de particulier. Les heures s'écoulent. La nuit tombe. J'entends Louise rentrer, la porte se refermer, son pas feutré sur les tomettes du séjour, l'eau couler dans la douche. Je l'imagine se déchausser, se déshabiller, se délasser sous le jet. Tout me paraît durer une éternité. Quand elle s'allonge enfin auprès de moi – linge de fraîcheur –, je me love un moment contre elle, sans force ni envie. La Machine, dévoreuse, m'a déjà tout pris. Comme on rafle la mise dans un jeu sans adversaire.

Ce jour-là, nous sommes une bonne centaine à être restés après la cloche, réunis sur le terre-plein, devant l'atelier de mécanique. Barbe nous a entraînés avec lui, seul parmi nous encarté au syndicat. À cette époque, il entretient encore le discours militant qu'il laissera filer avec le temps telle une pelote dont on ne tient plus le bout. Cochise, lui, ne s'est pas attardé. Pressent-il déjà le chapitre ouvert des illusions perdues ? Il y a là, parmi les plus nombreux, ceux de la grande Forge et de l'atelier de Tôlerie, des anciens, des plus jeunes, le même masque interrogatif sur leurs visages. Quelques intérimaires : des installés, des historiques, de ceux qui font partie des meubles. On les reconnaît à la couleur grise de leurs vêtements de travail, aux deux bandes rouges qui ceinturent le torse. Mais aucun de ces précaires que l'on voit passer en coup de vent, le temps d'un carénage, leur sort déjà tranché.

Tout ce petit monde se connaît, au moins de vue. Les Chantiers sont comme une petite agglomération, découpée en quartiers, où on se croise souvent sans vraiment se rencontrer. Il y a ces lettres peintes sur nos bleus de travail : *Méca* pour la mécanique, *Tôl* pour la Tôlerie, *Chau* pour la Chaudronnerie, *Élec* pour l'atelier Électricité. Tous sous le même sigle CNIM – Chantiers navals et industriels de la Méditerranée – que tout le monde porte comme signe d'appartenance. Autre chose est la camaraderie. Elle se construit avec la géographie des lieux, le partage des tâches et des nuisances, les histoires à dormir debout que l'on se raconte entre soi. La nôtre a vu le jour dans la graisse et l'huile, entre deux plongées dans la Machine.

Une estrade de fortune a été montée avec deux planches posées sur des fûts métalliques servant habituellement de braseros. L'homme qui prend la parole est Louis Poggi. Il est le délégué du syndicat majoritaire. Le seul à vrai dire qui ait voix au chapitre parmi nous. Poggi travaille au bureau des méthodes en tant que traceur de coque. Comme lui, ils sont quelques-uns pliés en quatre sur un immense plancher de bois, à dessiner toute la journée des vues en coupe et de profil sur du papier millimétré. Chez les ouvriers, on les considère comme des demi-cols blancs, les mains pas assez propres pour appartenir à la maîtrise, ni assez sales pour se les laver, comme nous, avant de pisser. L'homme paraît jeune, malgré sa face ronde et sa barbe fluviale qui lui donnent un air de vieux marxiste. Barbe nous l'a présenté à son arrivée. Il nous a tendu une main de lutteur, la poigne aussi ferme que celle de Cornière. Il parle, le verbe haut et clair. Il dit pêle-mêle la dégradation économique des Chantiers, les carnets de commandes qui se vident, l'agressivité de la concurrence japonaise et américaine, le prix du brut qui a encore augmenté, la politique du gouvernement et de la direction des Chantiers, responsable de cette situation. Il annonce la constitution d'une délégation dont Barbe fera partie. Il lit une motion qu'il a préparée. Nous la votons d'une seule main, nos bras dressés. J'entends pour la première fois ce slogan que nous scandons tous à la fin de l'intervention de Poggi, d'une seule voix : « LA NAVALE VIVRA ! »

Nous sommes attablés à la Régence, le café à l'entrée du port, où Barbe nous a donné rendez-vous. Seul Cochise n'est pas venu. Sa camaraderie est sans égale, mais de ces moments, il s'exempte le plus souvent. Comme s'il se tenait au bord d'un gué infranchissable, nous sur l'autre rive, lui dans l'incapacité de nous rejoindre. Mes camarades ne comprendront jamais vraiment son attitude. Moi, je l'admettrai avec le temps. Il faudra la fermeture des Chantiers, son trauma. Puis, plus tard, cette maladie, collée à nos trousses telle une chienne enragée, pour mesurer la profondeur de notre amitié.

Nous sommes à la veille du premier tour de l'élection présidentielle de 1981, au lendemain d'un 1er Mai où nous avons défilé, les Chantiers au complet, sous une brise marine dont on aurait aimé qu'elle emportât nos inquiétudes. Depuis quelques mois, nous sentons le vent d'un boulet faire vaciller nos certitudes. La vision des tankers de plus faible tonnage dans les bassins de carène, la main-d'œuvre sous-traitante moins nombreuse sur le site, les rumeurs de baisse des commandes, nous apparaissent comme les signes avant-coureurs d'un monde, le nôtre, qui chancelle sous nos pieds.

À peine sommes-nous réunis que Barbe claironne :

— Demain, il faut voter communiste.

Filoche fait une moue dubitative.

— Et dimanche prochain ? Mitterrand ?

— On verra après les résultats…

— C'est tout vu ! Tu sais bien qu'il sera au deuxième tour. Y a qu'à voter pour lui dès le premier tour, c'est plus simple. Non ?

— Plus le candidat du Parti aura de voix au premier tour, plus ça donnera de garanties pour l'application du programme commun, si la gauche gagne l'élection.

— C'est les consignes ? C'est ce que dit Poggi ?

— C'est ce que disent tous les camarades de cellule. On est tous d'accord sur ce point.

Mangefer sort de sa réserve.

— T'es sûr qu'au final, ils vont pas faire la gueule, les camarades, si Mitterrand est élu ?

— Mangefer a raison, dit Filoche. Tu sais bien qu'ils peuvent pas se blairer, tes cocos, avec les socialos.

— Je peux pas parler pour les autres. Mais moi, je sais ce que je veux, que l'accordéoniste débarrasse le plancher de l'Élysée. Et, crois-moi, on est nombreux à penser comme ça au Parti.

Filoche se braque.

— Eh ben moi, j'ai pas confiance ! Je préférerais Arlette. Au moins, avec elle, c'est clair. On sait de quel côté elle est.

Barbe se renfrogne.

— Arlette, elle a pas de programme.

— Redonner le pouvoir aux travailleurs, c'est pas un programme, peut-être ?

— Non. C'est pas réaliste. Tu le sais bien. Qu'est-ce que t'en ferais, toi, si demain on te donnait la direction des Chantiers ?

— Seul, pas grand-chose, mais à tous…

Barbe a un haussement d'épaules. Il se tourne vers moi.

— Et toi, Narval, t'en penses quoi ? Tu dis rien.

J'évacue la question.

— Je sais pas encore ce que je vais faire.

Louise, elle, savait. Elle avait été claire en début de semaine. Je voterai Mitterrand dès le premier tour. Toi, tu fais comme tu veux. Mais moi, je ne donnerai pas ma voix à un type qui pense que l'expérience des pays socialistes est globalement positive, avec les millions de morts qui sont derrière à se retourner dans leurs tombes. C'est une question d'honnêteté. Je n'avais pas bronché. J'avais pensé à mon père. Lui non plus ne voterait pas pour eux. Il avait tourné le dos depuis un moment à l'idéal auquel il avait cru. Longtemps, il avait été leur compagnon de route. Il avait milité dans les cellules, fait du tractage comme un bon soldat, vendu *L'Huma*, sur le port, le dimanche. Auprès d'eux, après guerre, il s'était tenu debout, noueux et solide. Puis il y avait eu ce jour de janvier 1969. Les images des chars dans Prague, celles de Jan Palach s'embrasant sur la place Venceslas, de ses funérailles en l'absence de toute délégation communiste. Je l'avais entendu dire : C'est pas bien, ce qu'ils font. Rien d'autre n'était sorti de sa bouche. J'étais posté dans son dos. J'attendais l'explosion d'une colère. Mais elle n'était pas venue. Seules des larmes avaient perlé au coin de ses yeux, effacées d'un geste rapide. À la place, une immense tristesse s'abattit sur lui des semaines durant. De celles qui fermentent parfois dans le cœur des hommes, et emplissent les bouches d'amertume.

Après son décès, j'ai retrouvé dans une boîte à chaussures sa carte de membre barrée d'un trait de feutre noir.

Le portrait de François Mitterrand n'a pas fini de s'afficher à l'écran que Louise me prend par la main et m'entraîne après elle. Nous dévalons les escaliers quatre à quatre, tels des gosses que l'idée du jeu presse. Nos corps valdinguent de droite à gauche, comme dans un manège forain. Au passage, Louise tambourine aux portes, crie aux voisins de nous suivre. Dehors la fièvre monte *crescendo*. Une foule dense et bruyante converge vers le port. Les gens déferlent par grappes des rues adjacentes. Des véhicules arrivent par vagues de la route de la mer. Certains de leurs passagers les abandonnent sur place, ouverts aux quatre vents, pour rejoindre le mouvement, l'urgence comme un feu aux trousses. D'autres grimpent sur les capots et les toits, sautent sur la tôle à pieds joints. On crie sa joie. On la chante. On la danse. Souvent les trois en même temps. Les gestes sont désordonnés, les voix stridentes, les attitudes exubérantes. Des rondes se forment, des farandoles partent, des chenilles grossissent. Des hommes s'attroupent, rassemblent leurs mains dans une pyramide de bras dressés. Des femmes autour desquelles on fait cercle improvisent un flamenco, le pan de la robe tenu, les doigts graciles qui tournoient.

Un homme en bras de chemise se prend pour Anthony Quinn dans *Zorba le Grec* et improvise un sirtaki. On l'imite, une ligne se forme, les participants claquent des mains, frappent du pied dans un rythme désynchronisé. Sur le quai un groupe de musiciens joue un ska endiablé. Autour on se trémousse dans tous les sens comme des zozos. Partout des postes de radio grésillent, le son poussé à tue-tête. Les cafés sont ouverts, ils débordent de gens, des pintes de bière ou des verres d'anis à trinquer avec le premier venu, le V de la victoire levé. Au-dessus des comptoirs, les télévisions tournent à plein régime. Les images arrivent, en direct de la capitale. La place de la Bastille est noire de monde. On s'embrasse, on se congratule, on se tape sur l'épaule. Et puis il y a ces roses, par centaines, portées comme des étendards. Ces roses dans les mains ouvertes, éclatantes. Ces roses qui semblent ne jamais vouloir flétrir. Un homme pleure à l'écran, le visage en gros plan. Il est âgé, s'aide d'une canne. On lui tend un micro, il ne parvient pas à exprimer ce qu'il ressent, lâche un merci en essuyant ses larmes dans un mouchoir en tissu.

Je pense à mon père. Je ne sais pas s'il est descendu sur le pas de sa maison ou simplement sorti sur ce balconnet où parfois il vient depuis qu'il a quitté les Chantiers, les après-midi ensoleillés, assis sur sa chaise de paille, silencieux et solitaire. Je me demande ce qu'il ressent à cet instant… s'il partage encore un peu de cette espérance qu'il a portée si haut en 1968. Si sa colère, les années passant, est quelque peu retombée, la cicatrice refermée.

Je le revois, dressé sur ses deux pieds, regardant chacun à hauteur d'homme, ni plus ni moins, comme il le revendiquait. Défilant sous nos fenêtres au plus fort de la grève, le bleu tenu impeccable pour la circonstance, le pas assuré, le visage radieux. J'ai seize ans. Je suis entre ma mère et ma grande sœur, appuyé contre la rambarde de ce même balcon où il agrippera plus tard ses mains tremblantes, dans l'appartement familial. J'ai du duvet en guise de moustache. Je me prends pour un grand. Je le hèle : Papa ! Papa ! Il lève la tête vers moi, me lance un clin d'œil complice, nous fait un signe à tous. Nous le lui rendons, la main levée au-dessus de nos têtes comme sur un quai pour accompagner un proche en partance pour un long voyage. Il est beau, le teint hâlé, le cheveu bouclé, déjà grisonnant, qui lui va comme un gant. Il est le patron de mon enfance. Mon capitaine Grant. Mon coureur des mers. Mon flibustier du bout du monde. Le soir, quand il rentre, il a le regard des chercheurs d'or. Il y a tant de vie au repas que ça déborde de partout : nos gestes, nos rires, nos pensées à grands coups de bonheur. Lui, si peu disert d'habitude, raconte, parade, s'enthousiasme, se projette, croit dur comme fer aux lendemains qui chantent. Nous écoutons des chansons de Marc Ogeret et de Jean Ferrat sur le pick-up. On ne voit pas passer les heures. Tous les jours sont des dimanches. Des dimanches de fiançailles où nous faisons table longue. Nous avons le sentiment que plus rien de grave ne peut nous atteindre désormais, ni tempête, ni mauvais sang.

Et puis arrive le 30 mai. Ce twist de l'histoire. À la télé, aux actualités, on découvre les images de la marée des gaullistes déferlant sur le pavé parisien. Mon père est collé à l'écran, comme une mouche magnétisée. Au bout d'un moment, il éteint le poste. Il se retourne vers nous. L'allégresse des jours précédents a disparu de son visage. Il dit d'un ton péremptoire : Le vieux nous a mis un coup de massue. Ma mère lui répond avec cet angélisme qu'il a toujours jugé coupable : On a quand même obtenu des choses. Il lui jette un regard noir, se lance dans une diatribe que je n'ai jamais oubliée. On a obtenu quoi, Marie ? Dis-moi. Leurs accords, c'est que du grain à picorer, de l'herbe à moutons que nous sommes. Tu veux la vérité, Marie ? Les syndicats, tous autant qu'ils sont, ils voulaient pas autre chose. Pas autre chose, tu m'entends ! Ce sont tous des vendus à la cause capitaliste. Ils nous ont trahis. Ils ont trahi le mouvement. C'est à cause d'eux si on les a pas renversés… Une occasion pareille, ça reviendra jamais. Il décroche sa casquette de la patère, claque une dernière parole avant de sortir, le doigt levé en guise de prémonition. Tu m'entends, Marie ? Jamais !

Ce soir-là, je vais au lit l'injustice au cœur. Je m'enfouis sous la couverture, les poings fermés. Je suis prêt à prendre les armes, à conduire la lutte à ses côtés. Je nous imagine guérilleros. Lui, *comandante*. Ensemble on lèvera une armée. On va la faire, sa révolution. Je guette, les yeux écarquillés dans le noir, son retour. J'entends son pas dans le vestibule, la porte de la chambre de mes parents s'ouvrir. Le lendemain, à mon réveil, il est déjà parti. Je m'en inquiète. Ma mère me répond qu'il a repris le travail aux Chantiers. Puis tout s'arrête là. Comme dans les histoires qui finissent en queue de poisson.

Les images de la liesse nous arrivent maintenant du pays tout entier. Elles éclatent à la surface de nos rétines telles des bulles de lumière, immédiatement remplacées par les suivantes. Il n'y a plus que du présent à tenir dans nos mains. Ouvert/fermé, nous sommes la lentille d'un objectif qui enregistre à la volée tout ce qui passe devant elle. Nos mémoires sensorielles débordent. Elles rincent nos yeux comme ceux des enfants devant les vitrines de Noël. Au fond de nous, nous savons bien que demain, tôt ou tard, beaucoup de choses seront déformées, détournées, atténuées, peut-être même salies. Mais pour l'heure, nous sommes de ceux qui fêtent la victoire du programme commun de la gauche. Et le rire de Louise saute dans sa gorge pour ne plus la quitter. Elle lève son verre de bière à bout de bras, la bouche maculée de mousse. Elle tournoie un long moment devant moi, bohémienne, diseuse de la meilleure aventure. Carmen à sa manière. Elle m'attrape par le cou, colle ses lèvres brutalement aux miennes, et m'embrasse fougueusement.

Dans mon souvenir, son baiser ne finit pas.

Pendant les mois qui suivirent, la vie avec Louise fut comme la chantait Barbara à l'époque : légère, ensoleillée, et indéfinissable. Louise avait gravé les paroles sur les murs de notre chambre pour ne pas les perdre de vue. Elle les fredonnait à tout bout de champ, de peur qu'elles ne s'envolent. Elle avait raccourci sa coupe de cheveux, une mèche bouclée sur chacune de ses joues, en accroche-cœur. Ressorti ses chemisiers à fleurs et ses pantalons à pattes d'eph. Marchait pieds nus. Remis des slogans plein sa bouche – *Prenons nos désirs pour des réalités*, *Vivons sans temps mort*, *Jouissons sans entrave* –, qu'elle appliquait tout en suçotant des bâtonnets de Zan qui donnait à ses baisers une douceur de réglisse. Le matin, devant la glace, elle se faisait des yeux de biche, maquillait ses lèvres d'un rouge pimpant. Elle avait demandé un congé sabbatique à l'hôpital. Elle voulait prendre *le temps de vivre, d'être libre, sans projets et sans habitudes*. Elle dessinait, aquarellait. Le soir, en rentrant des Chantiers, je la trouvais penchée au-dessus de la table, sous une lumière d'appoint. Elle éclairait des visages de félicité, ombrait des corps alanguis, coloriait des postures lascives. Je passais la porte, elle posait son crayon, prenait ma nuque à deux mains, m'embrassait langoureusement, puis nous servait un verre de vin que nous buvions assis en tailleur sur le sofa. Nous n'avions plus d'heure. Nous mangions quand cela nous chantait, nous buvions plus que de raison, et nous faisions l'amour à l'envi. Parfois, elle me donnait rendez-vous dans un de ces petits hôtels du bord de mer, entre Bandol et La Ciotat, les touristes partis. J'arrivais chez nous. Un origami était posé sur la table, en évidence. Elle en faisait de toutes sortes : grue, cocotte, singe grimpant. C'était le signal. Je posais mon sac, ne prenais même pas le temps de me changer, et partais à sa rencontre, découvrant le message en chemin. *Retrouve-moi à La Calanque, je me languis de toi. Je t'attends au Beau Rivage, baisers impatients.* Nous y passions la nuit, parfois seulement quelques heures. Je ne savais jamais de quoi ce temps serait fait. Dîner dans la chambre de fruits de mer, sur la plage, une bouteille de vin calée dans le sable frais, au bord du rivage. Lecture de Boris Vian au clair de lune, de ce vieil Hemingway qu'elle adorait, sans oublier Apollinaire dont elle ne se défaisait jamais. Bain de minuit. Nuit à la belle étoile entre les rochers. Et puis l'amour, dans les lueurs de l'aube, cent fois recommencé. Il n'y avait jamais de paroles ou si peu, juste des gestes qui évoquaient bien davantage, un bras autour de ma taille, une main qui tirait la mienne, une danse improvisée… invitations à la suivre. J'étais comme un toutou qui prenait sa trace et lapait les gouttes de fraîcheur qu'elle laissait tomber derrière elle.

C'était un temps sans douleur ni chagrin. Un temps *fanfare et musique, tintamarre et magique, féerie féerique.* Je me doutais bien qu'il ne durerait pas éternellement, mais que ce temps tînt simplement à l'élection d'un homme, une rose à la main, ne cessait de me surprendre. Je m'en voulais, mais au fond de moi pointait ce scepticisme – je me gardais bien de l'afficher devant Louise – qui empêchait tout emballement. Louise, elle, y croyait dur comme fer. Les nationalisations, l'augmentation de dix pour cent du SMIC, la réduction du temps de travail hebdomadaire à trente-neuf heures, la cinquième semaine de congés payés, la retraite à soixante ans, l'abolition de la peine de mort, le remboursement de l'IVG, la libéralisation de l'audio-visuel. Elle énumérait les mesures du gouvernement Mauroy comme le refrain d'une chanson à succès. Je la regardais s'enthousiasmer. Je la trouvais toujours plus belle. Et c'est presque religieusement que je l'écoutais me tourner les pages d'un catalogue dans lequel il suffirait de puiser, à l'aveuglette, pour changer la vie. Je me gardais bien de susciter chez elle la moindre contrariété. J'avais trop peur de rayer le disque tout neuf de notre existence. Je me demandais juste si tout cela, ce qu'ils nous donnaient sans compter d'une main, ils n'allaient pas nous le reprendre plus tard de l'autre, dissimulée dans leur dos, s'agaçant de ce qu'elle voyait, comme une marionnette dans les coulisses piaffant d'impatience d'apparaître sur la scène.

Aux Chantiers, on était partagés. On aurait presque pu dresser une ligne de démarcation entre les sceptiques et les ravis. Les premiers avançaient dans le doute, sortes de saints Thomas en bleus de chauffe, les seconds dans l'absolution, le programme commun tenant lieu pour eux de livre sacré. Puisqu'ils l'avaient pensé et rédigé ensemble pendant toutes ces années, maintenant qu'ils étaient élus, que la classe ouvrière leur avait donné majoritairement sa voix, ils ne pouvaient que l'appliquer. Une évidence pour les uns, une fumisterie pour les autres. Autour des établis, sur les ponts des navires ou dans la moiteur des vestiaires, le débat virait souvent au dialogue de sourds, quand ce n'était pas à l'humour nauséeux de comptoir.

Parmi mes camarades, Filoche et Mangefer ne donnaient pas cher du programme commun. À la manière de chiromanciens, ils lui voyaient une ligne de vie des plus réduites. Quant à ses acteurs, ils n'avaient aucune confiance en eux, et s'attendaient de leur part aux pires manigances. Filoche était de loin le plus corrosif des deux. Un matin, la discussion avait failli virer à l'empoignade. Barbe était en train de vanter l'importance de la création des comités d'hygiène, de sécurité et des conditions de travail pour les Chantiers, quand Filoche lui avait jeté son mépris à la figure. Pff ! Les ouvriers ont toujours été cocufiés par ceux qui prétendent les défendre. Tu parles de qui en disant ça ? l'avait interpellé Barbe. Je parle, je parle, tu sais bien de qui je parle, avait bredouillé Filoche en écrasant son mégot sur sa bouteille d'acétylène. De qui, Filoche ? Assume ! Si c'est du syndicat, je peux pas te laisser dire ça. Barbe fulminait, je ne l'avais jamais vu dans cet état. Le syndicat a toujours été à nos côtés, et tu le sais très bien. Filoche avait fait mine de s'éloigner. Pourquoi tu t'en vas ? Tu balances une saloperie, et tu t'en vas. Tu peux pas t'en tirer comme ça. Filoche avait fait volte-face, sa langue trop bien pendue pour l'avaler. Ton comité d'hygiène machin-truc, est-ce qu'il va m'empêcher d'être sourd comme un pot dans trente ans ? Ou de bouffer de la poussière à longueur de temps ? Bien entendu qu'on va réglementer tout ça ! avait rétorqué Barbe. Allez, vaï, Barbe ! T'es trop naïf. Les socialistes, ils feront comme les autres, ils s'entendront tôt ou tard avec nos patrons sur notre dos. Et tu verras ce que je te dis, tes quatre ministres, ils seront cocus comme nous. Le ton était monté, les mots de colère jetés à la figure sans ménagement. Cochise était intervenu. Du haut de son mètre quatre-vingt-dix, il avait levé la main à la manière d'un juge de paix, sifflé la fin de la dispute. Elle était retombée sur-le-champ, comme si les belligérants n'attendaient que ce signal pour baisser la garde. Et tout était rentré dans l'ordre, celui de la camaraderie.

Cochise, c'était notre « force tranquille » à nous. Il aplanissait les conflits, apaisait les excès, régulait les propos. Il y avait chez lui un côté grand sachem qui collait parfaitement à l'image qu'on se faisait de lui. Mais Cochise, c'était bien autre chose… Une colline à gravir, une sente à ouvrir, un versant plus intime dont la pente pouvait repousser plus d'un. Chaque soir, il gagnait sa retraite dans le nord du département – à Pampelune-derrière-la-lune, disaient ceux qui le charriaient. Une ancienne bergerie qu'il restaurait depuis plusieurs années, sur la commune de Bargemon, au col du Bel-Homme, le bien nommé.

Parfois, je m'y rendais, à ma guise. Je lui donnais le coup de main. Il y avait toujours un échafaudage collé au mur, un seau qui descendait du toit au bout d'un cordage, une bétonnière qui ronronnait, des poutres à fixer, une remise à débarrasser, des meubles à rentrer. Je partageais sa sueur, son silence, l'eau-de-vie de figue qu'il distillait à merveille. Mona était déjà là. La madone que le ciel m'a envoyée, disait-il en parlant d'elle. Moi, je la voyais plutôt comme une déesse. Dès la première rencontre, elle vous tapait dans l'œil.

Elle avait du chien. Un côté Claudia Cardinale dans *Les Pétroleuses*, une main sur la hanche, la chemise nouée sur le nombril. À l'époque, il y avait les partisans de Bardot et ceux de Cardinale. Entre les fans, ça tournait à la vitesse d'un quarante-cinq tours pour défendre la beauté de la blonde contre celle de la brune, et *vice versa*. Claudia avait de loin ma préférence. Quand je la voyais apparaître à l'écran, elle électrisait mes sens. Mona me faisait un peu le même effet. Je me gardais de me l'avouer. Elle était la femme de mon ami, et il en était follement amoureux. Souvent, je pense à lui. Il reste un des grands absents de cette fin de vie.

Ce matin de décembre 1982, le froid pique les visages et l'extrémité des doigts engourdis, la lune encore en veilleuse dans l'aube qui pointe. J'ai revêtu mon blouson de mer, coiffé le bonnet de laine hérité d'un grand-père qui le portait, crâne casqué, les nuits d'hiver. En quittant les vestiaires, j'aperçois une agitation inhabituelle sur le quai, devant l'atelier. De loin, je reconnais la silhouette trapue de Louis Poggi, entouré des ouvriers de bord. Avant même que j'atteigne l'attroupement, la nouvelle m'arrive aux oreilles. Le gouvernement a décidé, contre l'avis de la direction, de fusionner le secteur naval des Chantiers de La Seyne avec ceux de Dunkerque et de La Ciotat. NORMED – contraction de Nord et de Méditerranée, négligeant au passage le nom de Chantiers, acronyme qui nous désignera désormais – est né. Je ne sais pas pourquoi il sonne d'emblée comme un tocsin à mes oreilles. Contre toute attente, j'entends Louis Poggi justifier la fusion. Il parle de pérennité de l'emploi, de solidarité avec nos camarades de La Ciotat et de Dunkerque dont nous découvrons les difficultés accumulées depuis des années. D'après lui, le plan de restructuration – puisqu'il faut bien l'appeler ainsi – est aussi solide qu'un de ces tankers qui sortent de nos ateliers. Et puis, c'est le gouvernement de la gauche, celui que nous avons élu il y a quinze mois, qui le garantit ! assène-t-il sur le ton persuasif dont il ne se départ jamais. Il y en a bien un parmi nous qui demande naïvement pourquoi Saint-Nazaire a un traitement préférentiel. Pour quelle raison reste-t-il pôle unique, devenant Chantiers de l'Atlantique ? Poggi esquive, élude la question, vante la force que nous tirerons de la réunion de nos sites respectifs. Barbe se tient à ses côtés. Il opine du chef. J'observe mes autres camarades. Cochise, un peu à l'écart, emmitouflé dans sa veste chaude, le regard tourné vers le large où semblent appareiller des navires imaginaires en partance pour les Indes ou les Amériques. Mangefer, les mains dans les poches, frottant sa semelle sur la poussière du quai tel un enfant timide. Filoche, Zébulon comme à son habitude, pestant, moulinant des bras, mâchant des mots qu'il est le seul à entendre. Plus tard, dans la journée, au milieu du bruit de la Machine, dans l'odeur rance des huiles, ses matelas d'amiante effilochés à ses pieds, il dira à Barbe toute la méfiance que lui inspire cette alliance contre nature.

À ce moment-là, personne ne mesure réellement la portée de ce mariage forcé. De quelle entreprise désespérée il relève. Les Chantiers vont à vau-l'eau, mais nous ne le savons pas encore. Nous sommes les marionnettes enrôlées de force dans un théâtre d'ombres où ceux qui tirent les ficelles n'ont pas de visages – on ne négocie pas avec la concurrence. Ils vont nous rendre peu à peu orphelins d'un monde qui va filer entre nos doigts, condamnant le site, soufflant les bâtiments comme châteaux de cartes, et passant au tamis notre histoire industrielle.

Ce matin-là, je mets longtemps à passer la coupée. Comme si quelque chose de malfaisant m'attendait là-haut, à l'intérieur de la coque d'acier. Prêt à m'avaler.

Ma sœur m'avait prévenu : La prochaine fois, regarde son doigt de la main droite.

Le tremblement était assez significatif pour ne pas rester ignoré bien longtemps. La faiblesse de l'amplitude du mouvement de l'index, conjuguée à son extrême rapidité, ne laissait guère de place au doute. Ça m'avait fait penser aux impulsions données par les télégraphistes sur leurs pioches, ces manipulateurs Morse, dans les vieux films de guerre. Le reste de sa main restait immobile. Son bras, lui, paraissait rigide. Bout de bois flottant sous le tissu de sa chemise. On aurait pu croire qu'il portait une prothèse.

J'avais trouvé mon père assis dans son fauteuil, la salle à manger plongée dans la pénombre, la télévision allumée. À l'écran passait cette émission burlesque, le « Benny Hill Show », dont il ne ratait jamais la diffusion chaque dimanche en début de soirée. Je m'étais assis à côté de lui, et j'avais regardé les sketches s'enchaîner. Je me demandais toujours ce qui l'amusait autant dans ces gags grotesques. Ils étaient tous bâtis sur le même ressort comique qui plaçait le personnage principal en mauvaise posture, et se terminaient invariablement par une séquence endiablée où toutes sortes de personnages ou d'animaux – policiers, gardes champêtres, majorettes, nonnes, chiens, ovins, bovidés – coursaient le héros pour des motifs divers. Les poursuites étaient diffusées en accéléré, avec en accompagnement sonore un morceau qui connut en son temps un grand succès : *Yakety Sax*. Ce final déclenchait chaque fois chez mon père un rire de bon cœur, son regard captivé par le comique de situation, comme celui d'un enfant que rien ne peut inquiéter.

Ce soir-là après le générique, il avait devancé ma question, en lâchant un « Tout va bien », dressant sa main, le doigt tendu tel un écolier qui veut attirer l'attention. Puis il m'avait demandé des nouvelles de Louise. Aucune des Chantiers. J'étais resté encore quelques instants, muselé par une gêne que je m'expliquais mal, avant de m'éclipser, sans la moindre réaction de sa part.

Le diagnostic était tombé au cœur de l'hiver : Parkinson. Rien que le mot faisait peur. Il avait quelque chose d'électrique qui le rendait redoutable. Oser le prononcer, c'était le faire exister, commencer à regarder en face la maladie et ses conséquences. Je me souviens que, bien des années plus tard, malgré ce que j'avais vécu avec mon père, quand j'ai appris que Mohamed Ali lui-même – le champion du monde le plus frénétique que la boxe ait donné, le mythique vainqueur du combat dans la jungle – en était atteint, j'ai encore un temps refusé de le croire. Et puis j'ai vu la flamme vacillante des Jeux d'Atlanta, allumée par sa main tremblante.

Chez mon père, la dégénérescence avança si vite qu'elle nous prit par surprise. Elle me fit penser à un boa constrictor enserrant sa proie. Quelques mois suffirent à le priver d'une partie de ses ressources mentales, laissant la substance noire de son cerveau s'éteindre, et lui, perdre tout contrôle de ses mouvements. Le mal fait, la mort ensuite pouvait prendre toutes ses aises pour advenir.

C'est dans ce temps compté entre lui et moi que j'entrepris de réaliser le projet qui datait de l'époque où les microsillons tournaient encore sur sa stéréo, et que je n'avais jamais osé lui proposer. Assister avec lui à un opéra. J'attendais sans doute une mise en demeure, elle tomba avec sa maladie. L'urgence me prit. De celles, vitales, qui vous serrent le cœur, envahissent la totalité de votre esprit, au point que vos jours ne sont plus bornés que par elles.

Je savais sa préférence pour Puccini. Par chance, on jouait *La Bohème* à l'Opéra de Marseille. J'achetai deux billets pour une séance en après-midi. Il se laissa faire. Le rôle de Rodolfo était tenu par Luciano Pavarotti, celui de Mimi par Mirella Freni. Il vouait à la soprano une admiration sans bornes. Combien de fois l'avais-je entendu louer son timbre de voix ?

Il s'était préparé tôt le matin, avec application. Chemise sans faux pli sous un blazer bleu roi, ressorti pour la circonstance, dont l'amidon avait lissé le tissu. Cravate couleur lie de vin, une des rares qu'il possédât. Souliers vernis qui dataient de son mariage. Il avait attendu mon arrivée tel un enfant sage, suçotant un de ces cachous qu'il consommait depuis qu'il avait arrêté de fumer et qui lui servaient accessoirement de dentifrice. Pendant le trajet, nous n'échangeâmes aucune parole. Il resta concentré sur l'unique but de notre voyage, et moi, absorbé par l'accomplissement d'une mission que je désirais mener sans fausse note.

De cette représentation, il me reste deux images. Son visage immobile, le regard tendu vers la scène d'où les interprètes faisaient porter leurs voix jusqu'à emplir la salle d'une matière si ondoyante que je me surpris à tenter de l'attraper d'une main malhabile, comme une truite insaisissable au bord d'une rivière. Et puis, cette larme qui coula sur sa joue pendant l'air *Che gelida manina*, au premier acte, la main de Mimi dans celle de Rodolfo.

Par la suite, je réduisis mes visites aux épisodes de « Benny Hill ». J'attendais son rire comme une délivrance.

J'ai poussé la porte. Louise était recroquevillée sur le sofa, le regard dans le vague. J'ai lu aussitôt sur son visage la mine des défaites. *Kozmic Blues* tournait sur la platine, la pochette du disque ouverte sur le sol. La voix éraillée de Janis Joplin continuait de poursuivre le rêve, mais j'ai compris que l'éclaircie était bel et bien finie. Comme si le soleil venait de filer à l'anglaise.

Une heure auparavant, Jacques Delors, ministre de l'Économie, des Finances et du Budget, lors d'une intervention au journal télévisé, avait sonné le glas de l'embellie. Le programme commun de la gauche remisé, la rigueur installée tel un vieux manche à balai sur lequel pousser pour revenir les pieds sur terre.

— Ils nous ont lâchés, a-t-elle dit, sans détourner le regard. On leur a fait confiance, et eux, ils nous ont abandonnés comme des animaux de compagnie au bord d'une route.

Je me suis assis à côté d'elle. Avec son menton appuyé sur les genoux, ce pull dont les manches lui mangeaient la moitié des mains, elle ressemblait à une adolescente en détresse. J'ai glissé ma main sous la laine.

— Peut-être que tu en attendais trop…

Elle a frissonné, comme si je venais de lui verser un seau d'eau froide sur la tête, avant de réagir :

— La justice sociale, tu trouves que c'est trop demander à un gouvernement de gauche, toi ?

— C'est pas ce que je voulais dire…

— À quoi tu t'attendais, alors ? Dis-le-moi !

— J'sais pas.

— Comment ça, tu sais pas ? s'est-elle emportée. Toi et moi, on est d'une génération qui n'a connu que la droite au pouvoir. Et là, il y a deux ans, on a été des millions de gens à élire ces gens sur un programme commun de gauche, et toi, tu sais pas ce que tu attends d'eux…

Elle me fixait, suspendue à mes lèvres. J'ai fini par dire :

— J'attendais pas comme toi qu'ils changent notre vie, si c'est ça que tu veux savoir… Je veux juste continuer à vivre ici et bosser aux Chantiers.

Elle a détourné les yeux, retiré sa main de la mienne, et s'est levée. Je l'ai regardée se préparer un thé. Sur la platine, Janis Joplin était arrivée en bout de course. Ça grésillait aussi dans ma tête. Comme un début de friture sur une ligne que je croyais claire jusqu'à présent entre nous. C'était la première fois que je ressentais pareille incompréhension. Je ne savais que faire. J'ai laissé le silence battre la mesure.

Au bout de quelques minutes, la bouilloire a sifflé. Elle a versé l'eau bouillante sur le sachet et a pris la tasse brûlante entre ses mains. Puis elle s'est postée devant la porte-fenêtre. Elle est restée ainsi un long moment, les yeux rivés sur la place que le vent balayait, buvant le breuvage à petites gorgées. Puis elle a lâché : Je crois qu'ils m'ont volé ce qu'il me restait d'espoir.

Sur l'instant, je n'ai pas mesuré toute la portée de son aveu. Il y avait chez elle cette part d'inconsolable avec laquelle j'allais devoir vivre désormais. Je me suis levé à mon tour, j'ai retiré le disque de la platine, pour m'occuper les mains. Puis je suis passé dans la chambre, histoire de sortir d'un décor dans lequel je ne me sentais plus d'apparaître. Sur les murs, les paroles de la chanson de Barbara avaient disparu sans laisser de traces. Comme si elles n'avaient jamais existé.

Aux Chantiers, chacun commentait le rétropédalage du gouvernement. Filoche se tenait le dos appuyé contre le mur de l'atelier. Il attendait Barbe de pied ferme. On aurait dit un ruminant prêt à souffler sa colère par les naseaux. Barbe s'était laissé faire, acceptant de jouer les boucs émissaires. Il avait encaissé tel un vieux boxeur qui n'en était pas à son premier combat. Le convoi de reproches était passé comme sur un quai ces trains qui ralentissent et ne s'arrêtent pas faute de voyageurs. Filoche s'était épuisé dans ce « Tous pourris », avant de comprendre que nous ne serions pas, Cochise, Mangefer et moi, les auditeurs qu'il espérait. Une fois son déballage terminé, nous étions descendus dans la Machine pour accomplir ce que nous avions toujours fait, entre ces murs de tôles et le long de ces chemins de tuyauteries qui bornaient notre quotidien, loin des promesses et des programmes qui ignoraient, d'où qu'ils viennent, jusqu'à l'existence de nos vies.

Au bout de quelques mois, la plupart d'entre nous avions déjà soldé dans nos têtes l'arrivée de la gauche au pouvoir. Plus personne n'en parlait. Même Louise avait pris cette distance que je n'aurais jamais imaginée. Elle ne suivait plus l'actualité que d'un œil curieux, ne la commentait plus. On aurait dit que les choses se passaient à l'autre bout du monde. Quand les ministres communistes quittèrent le gouvernement, au cours de l'été 1984, elle n'eut aucune réaction. Pour elle, l'histoire collective s'était brusquement interrompue le 25 mars 1983. Après, le reste n'était que péripéties.

La nouvelle fut accueillie aux Chantiers dans une indifférence notable. Même Filoche resta coi. Après la journée de travail, au pied de la coupée, Louis Poggi se crut obligé, en tant que membre du Parti, de nous apporter des précisions sur cette décision « historique », selon son propre mot. Il reprit en partie les termes du premier secrétaire, voulut les justifier et leur donner la gravité que selon lui ils méritaient. Mais il ne fit qu'ajouter à l'ambiguïté déjà ressentie la veille : les communistes partaient du gouvernement parce qu'ils n'étaient plus en accord avec sa politique économique, mais ils continueraient à soutenir son action. Un numéro d'équilibriste digne de « La Piste aux étoiles », avait commenté à juste titre Mangefer. Poggi pour une fois était à la peine dans ce rôle qui le dépassait. On aurait dit un porte-parole emberlificoté dans les mailles d'un discours pour lequel il n'avait pas la stature. Par politesse, nous l'écoutâmes d'une oreille distraite, avant de nous disperser dans le silence. Seule nous occupait désormais la survie des Chantiers.

À l'automne 1985, les bruits des Chantiers ont commencé à s'atténuer. Ils n'ont plus résonné dans la ville qu'au plus fort des manœuvres des grues de quai embarquant les blocs préfabriqués de la Tôlerie, les chaudières reformées par la Chaudronnerie, ou encore les moteurs Diesel entiers qui sortaient de la Mécanique, le ballet grinçant de leurs flèches dans le ciel comme des oiseaux affolés. Le reste se passait dans l'intimité des ateliers, sur le coin des établis, à la surface des plans de travail, derrière les rideaux de toile des postes de soudure, au milieu du bruit des brûleurs, des chocs des pilons, dans la chaleur des rétreintes, des étincelles de la matière à usiner et des arcs électriques.

À bord, dans la Machine, régnait une atmosphère de fin de course. Tel l'essoufflement du coureur de fond : le pouls accéléré, le rendement en perte de vitesse. Les tâches jusqu'alors réalisées en quelques jours traînaient en longueur. La coordination entre les corps de métiers perdait en fluidité, son ajustement aléatoire. Les pièces arrivaient au compte-gouttes, leur assemblage décalé. La maîtrise planifiait et replanifiait le temps, tels des horlogers égarés dans leur propre mécanisme, les durées de carénage rallongées, les entrées de navires retardées. S'installait peu à peu chez nous tous, encadrement et ouvriers, quelque chose de l'ordre du repli : nos gestes retenus, nos forces économisées, nos décisions remises à plus tard, nos consciences préoccupées. Comme si nous cherchions à amortir un choc dont nous redoutions la puissance et l'ampleur.

En coulisse, NORMED bruissait. Il y avait ce que l'on voyait à l'œil nu : la diminution du tonnage des navires, la baisse de la charge de travail, celle du nombre de sous-traitants. Des camarades, compagnons de devoir pendant des mois, des années parfois, disparaissaient du jour au lendemain, leurs contrats cassés, leurs entreprises liquidées, eux jetés sans délai dans la précarité. Il y avait ce que l'on entendait, le bruit incessant de la rumeur : la stratégie de la direction, celle des syndicats, l'orientation des pouvoirs publics – les volontés mises à l'épreuve. Bras de fer dont chacun, à sa façon, voulait sortir gagnant. À qui profite le crime ? demandait ironiquement Filoche, sa question demeurant invariablement sans réponse. Et puis il y avait l'exemple désastreux de la sidérurgie. Ses pertes financières abyssales. Ses emplois supprimés par milliers. Leur nombre à quatre chiffres nous donnait le vertige. Il s'égrenait dans nos têtes. Tic-tac d'une bombe à retardement. Nous répétions les noms de ces villes-misère : Longwy, Denain, Trith-Saint-Léger. Nous cherchions à les situer géographiquement, comme sur une carte où épingler le malheur. Nous ressemblions à une armée en attente, embourbée, usée, salis dans nos corps, mais plus encore dans nos cœurs. Lentement, nous cultivions une rancœur vis-à-vis de ceux – direction des Chantiers, pouvoirs publics, syndicats – qui nous menaient tout droit vers la débâcle. Nous laissant meurtris, bannis, expatriés d'une terre que nous avions crue nôtre à jamais.

Le soir, je rentrais dans une maison que seul Apollinaire occupait. Roi taciturne sur son pouf. Louise avait repris ses gardes de nuit à l'hôpital, sans que je sache si le service l'imposait ou bien si c'était sa propre volonté. Nous avions recommencé nos vies en dents de scie, nos croisements aléatoires. Son emploi du temps ressemblait à ces chemins non balisés que le terrain façonne au gré de la météo. Je finissais par m'y perdre. Je ne mesurais la durée de sa présence qu'aux traces laissées derrière elle : la forme de son corps dans le tissu du sofa, un verre de vin à moitié bu sur la table basse, un livre retourné ouvert, un disque des Doors ou des Who sur la platine, ou son inusable tasse à thé au pied de notre lit. La porte du frigo continuait d'être la poste restante de nos mots, mais je sentais bien que nous prenions sensiblement nos distances. Comme dans un exercice militaire qui met les corps en bon ordre, une longueur de bras avec celui qui précède, le silence installé entre eux. Nous faisions encore l'amour, épisodiquement, mais nos étreintes conventionnelles rappelaient trop souvent le devoir conjugal. Je finissais par ne plus savoir lequel des deux se prêtait aux envies de l'autre.

Souvent, à peine arrivé, je ressortais. Je longeais la ceinture du port, le picotement des froides nuits automnales sur mon visage, les mains dans les poches de ma parka. Je gardais les Chantiers en point de mire. Le pont levant me donnait encore l'illusion que ma vie tenait droit. Je marchais jusqu'à la pointe de la darse, là où tant d'autres avaient largué les amarres, puis je rentrais par la vieille ville. Je prenais la rue d'Alsace à un bout pour la quitter à l'autre. Elle me rassurait. C'était comme suivre un chemin sans embûche ni surprise. Je connaissais par cœur chaque maison, chaque pas de porte : les murs, les bois des persiennes qui avaient résisté à tout, jusqu'aux bombardements à la Libération.

Celle de mes parents se trouvait au numéro 15. L'entrée ouvrait sur une montée d'escalier faiblement éclairée. Eux habitaient au dernier étage, un appartement dont l'agencement, entre couloirs et recoins, tenait du record de superficie perdue. Mon père n'avait jamais voulu en bouger. Le port, les Chantiers, les halles à deux pas, leur existence ritualisée. Pour aller se perdre où ? avait-il répondu un jour à un cousin de passage.

J'avais fini par ne plus monter les voir systématiquement. Je prenais des nouvelles par téléphone. Ma mère répétait la fatalité des choses d'une voix monocorde : sa lassitude, la maladie de mon père. Je m'arrêtais une dizaine de mètres plus loin, pour ne pas risquer d'être aperçu à la dérobée. Je me glissais dans l'encoignure du salon de coiffure de M. Louis, et j'attendais que la lumière s'éteigne à la fenêtre de la salle à manger, signe que mon père allait se coucher, pour m'éloigner.

M. Louis. Quel âge pouvait-il avoir ? Il devait être aussi usé que le cuir de ses fauteuils. À ce moment-là, il tenait encore le salon. Lui et le dentiste de la place du marché étaient les ennemis de mon enfance. Je leur attribuais la même capacité de me nuire. Le bruit de la roulette de l'un devant ma bouche ouverte n'avait d'égal que le son des ciseaux de l'autre près de mon oreille. Ma mère m'y emmenait au commencement de chaque saison. Pour éclaircir ton visage, disait-elle. Je n'ai jamais compris le sens de cette expression. En tout cas, je détestais le résultat : court sur le dessus de la tête, ras dans la nuque, et bien dégagé derrière les oreilles. Chaque fois, j'avais la sensation de me rendre au cimetière, un jour de Toussaint, déposer une gerbe en souvenir des pertes familiales. Sauf que là c'étaient mes tifs qui tombaient à poignées sur le carrelage de M. Louis. Il me passait une cape de coiffeur, m'intimait l'ordre de ne pas bouger d'un cil, et pendant un temps interminable, je supportais le cliquetis de ses ciseaux et l'odeur de sa brillantine. Pour passer l'épreuve, je balayais du regard l'espace contraint qui m'était imposé. De gauche à droite. Des cadres photos de présentation des coupes qui décoraient le mur, aux flacons de Pétrole Hahn sur l'étagère au-dessus de la caisse. Puis je repartais dans l'autre sens. J'étais capable de décrire de mémoire la physionomie des modèles, et de donner les prix de chaque lotion au centime près. Je déchargeais ainsi ma tension. Si j'avais pu le faire avec un six-coups sur ce pauvre M. Louis, je crois que je ne m'en serais pas privé.

Devenu adulte, je n'ai plus jamais confié mes cheveux aux mains de M. Louis ni de l'un de ses complices. J'ai fini par les laisser tomber tout seuls, avec le temps.

J'ai donné ma voix au borgne, avait lâché Filoche. Ça leur donnera une leçon, à tous ces cocos et socialos… La seule leçon que tu donnes, c'est une leçon de désespoir, lui avait répondu Cochise. Barbe n'avait pas pipé mot. Il avait écrasé sa cigarette, enfilé ses gants de cuir, basculé son chariot à bouteilles, et quitté l'atelier dans un roulement de silence. Ben quoi ! avait rétorqué Filoche, on a plus le droit de voter pour qui on veut maintenant ? C'est ça, votre démocratie ? Mangefer et moi avions détourné le regard, notre gêne palpable, chargé notre caisse à outils sur l'épaule, et pris le parti de Barbe, laissant Filoche ravaler sa bile.

On était au lendemain des élections législatives de 1986. La veille au soir, j'avais regardé sans émotion l'Assemblée nationale rebasculer à droite, et le Front national entrer pour la première fois, grâce au scrutin proportionnel, au palais Bourbon. Je n'avais pas voté. L'illusion des dernières années avait fait long feu chez moi. À la différence de Filoche – il n'était pas le seul aux Chantiers à avoir exprimé ce vote d'exaspération –, je n'étais animé d'aucune colère ni amertume. Je partageais simplement avec mes camarades le même sentiment d'abandon. Celui d'une génération à laquelle nos pères avaient enseigné le goût du travail bien fait, et la croyance en une récompense qui viendrait nécessairement de l'effort.

Ce matin-là, nous avions franchi la coupée de *La Somme* sans savoir que le pétrolier ravitailleur d'escadre de la marine marchande serait le dernier à sortir du radoub. La rumeur faisait déjà le deuil de tout carénage, après lui. Mais sans doute refusions-nous encore de l'entendre, déni d'une réalité qui brutalisait jusqu'à nos tympans. Nous descendions dans la Machine avec la même foi en l'éternité des Chantiers. Quelques heures durant, elle devenait notre refuge. Le bruit, la chaleur, l'inconfort des postures, le contact avec la graisse et la fibre d'amiante, toutes ces nuisances prenaient, d'un seul coup, le sens curieux des évidences. Tant que nous les subissions, nous existions encore.

Le reste de la journée, nous le passions à terre, âmes en peine. Autour des établis, devant les ateliers, au croisement des parcs à tôles, au pied des grues, des rassemblements improvisés naissaient et se défaisaient au gré des conversations. Ils jalonnaient le temps qui nous restait à tirer dans cette drôle de guerre perdue d'avance. Rien n'en sortait de nouveau. Nous nous racontions la même histoire, sa fin que nous refusions. Remâchions les mêmes moyens d'en arrêter le cours. Mais il fallait bien l'avouer : ni les certitudes ni les volontés n'étaient réellement de notre côté.

NORMED annonça son dépôt de bilan à l'orée de l'été. Ni l'État, par la voix du nouveau ministre de l'Industrie, ni les actionnaires ne voulaient mettre un franc de plus dans ce qu'ils considéraient comme un naufrage industriel. On ne pouvait pas dire que nous étions pris par surprise. Pourtant, nombre d'entre nous ne réagirent pas aussitôt à la brutalité de l'annonce. Pendant quelques jours, il y eut parmi nous comme un flottement. De ceux qui existent dans le songe avant le retour à la conscience, plus vraiment endormi, ni tout à fait éveillé. Ce fut dans ce temps-là que Cochise m'entraîna avec lui dans sa rêverie. Les après-midi, dans les creux des journées que le travail nous laissait à loisir, nous allions jusqu'à la baie de Balaguier, où le territoire des Chantiers reculait sa frontière. Nous ressemblions à des promeneurs solitaires, pas lents, mains dans les poches, détachés de tout. Il y avait là des bâtiments désaffectés, vantaux ouverts, toitures éventrées, et tout ce que compte comme matériels et matériaux mis au rebut une friche industrielle : perceuses fixes, tours parallèles, fraiseuses, étaux-limeurs, presses plieuses, cisailles guillotines, raboteuses, dégauchisseuses, bobines de câbles, tôles, tuyauteries… criblés de points d'oxydation. Se trouvaient aussi, aux arrêts, quelques remorqueurs, leurs flancs boudinés, tirant sur leurs chaînes comme un animal attaché. Et puis, amarrée au quai, comme égarée dans ce cimetière singulier, il y avait *La Zaca*, cette goélette de prestige ayant appartenu à l'acteur Errol Flynn. La coque piquée de rouille, le pont blanchi, les boiseries délavées, les mâts éclatés, les voiles auriques tombées en charpie. L'air d'un squelette dans une robe ternie de mariée.

Chaque fois, cette présence laissait rêveur Cochise. Tu sais que Rita Hayworth dans *La Dame de Shanghai* s'est allongée sur un de ses roofs ? Rita Hayworth, tu imagines ! disait-il. La plus belle femme du monde. Je n'avais pas vu le film. Il s'en est étonné. Il faut que tu répares ce manque. Dans la scène dont je te parle, elle porte un Bikini, fume une cigarette, et elle chante, accompagnée par un solo de guitare. C'est divin ! Et puis il y a la baie d'Acapulco... Tu te rends compte ! Acapulco ! Rien que le nom fait voyager.

Que faisait-elle là, cette goélette, si loin des côtes du Mexique ? Comment avait-elle échoué ici, à côté de notre propre destinée ? Cochise, lui, en tout cas, pendant un moment, n'était plus là, embarqué ailleurs, son regard pointé vers l'horizon... Peut-être a-t-elle fait comme nous, a-t-il fini par dire, elle a dérivé de la gloire à l'oubli.

30 juin 1986. Un soleil levé tôt barre l'horizon. Nous sommes plusieurs milliers rassemblés devant la porte des Chantiers. Je l'ai tant franchie sans lever les yeux qu'il me semble toujours la redécouvrir. Ses murs épais, crépis à l'ocre, de la largeur d'une main. Ses corniches modelées avec habileté. Ses persiennes ventilant la lumière, les unes entrouvertes, les autres fermées. Son horloge monumentale moulée dans la pierre. Cette inscription gravée à son fronton depuis des décennies : *Forges et Chantiers de la Méditerranée.* Ce drapeau tricolore flottant qui lui donne un air patriotique. De prime abord, elle ressemble à une bâtisse de maître confiée à un gardiennage.

Combien de fois ai-je imaginé pour elle une tout autre destination ? Entrée d'un cinéma digne des frères Lumière, hall d'une gare où ferait étape l'*Orient-Express*, accès d'un musée ouvert aux maîtres flamands, porte d'un palais aux accents vénitiens… À ses fenêtres pendent des banderoles tels des linges à sécher. Tôt ce matin, des slogans ont été bombés sur les tissus blancs.

LA LUTTE CONTINUE !

LA NAVALE NE COULERA PAS !

Louis Poggi apparaît devant les grilles fermées. Il retrousse ses manches, lève son mégaphone, et commence à parler. Pendant plusieurs minutes, il dénonce, condamne, tempête, invective, vitupère, dramatise la lutte qui s'annonce : soyons prêts à défendre les Chantiers comme les partisans ont défendu Varsovie, mur après mur, pierre après pierre. Parmi nous, rares sont ceux qui relèvent l'inconvenance de la comparaison. Cochise, lui, me la souffle à l'oreille, avant de s'éclipser. Je me retourne. Je le vois s'éloigner au milieu de la foule. Je comprends qu'il ne prendra pas part à ce qui se prépare. Un instant me traverse l'esprit de le rattraper, de barrer la voie à son immense carcasse, et de lui dire en face qu'il ne peut pas se défiler ainsi, que dans ce moment, on a besoin de chacun. Que moi surtout, j'ai besoin de lui, comme d'un grand frère que je n'ai pas eu. Que je sais bien qu'il est trop tard, que quoi qu'on fasse, ils vont nous laisser sur le carreau, le corps plié, les bras ballants, le souffle court. Mais qu'on ne peut pas se laisser mettre K.-O. sans réagir. Que c'est une question de dignité.

Dignité. Je me surprends à murmurer le mot. Me reviennent ceux de mon père, un dimanche, sur le port où nous allons en promenade. Il est entouré de camarades de travail que l'on vient de croiser. Ils évoquent un conflit social dont j'ai égaré l'origine dans ma mémoire. Je me tiens à côté de lui, silencieux. Je suis dans cette ferveur de l'adolescence qui s'autorise bien des prises de parole intempestives. Lui seul me plie à cette règle de ne parler – en sa présence – qu'à mon tour et à bon escient. La conversation traîne en longueur. J'en perds le fil et l'intérêt. Je regarde ailleurs, du côté des coques rutilantes et des voiles qui claquent. Tout à coup, une phrase que mon père vient de prononcer me sort de ma rêverie. La dignité, c'est la seule chose qu'on ne doit jamais leur céder. J'observe les visages de ses interlocuteurs. Ils ressemblent à ceux d'élèves que leur maître fascine. Quelque chose vibre en moi qui a l'accent de l'admiration. Un peu plus tard, mon père salue ses camarades, et nous reprenons notre marche. Me restent sa parole, le silence qui la grave.

Je pense à lui, là-bas, assis dans sa pièce sombre, à torturer ses mains comme de la pâte à modeler. Je sais que dans ce monde où il est entré, la disparition des Chantiers ne sera bientôt plus qu'une anecdote.

Huit heures à l'horloge des Chantiers. Louis Poggi en a terminé avec son intervention. Nous faisons mine de nous disperser, mais ce n'est qu'une manœuvre de diversion. En réalité, l'opération est planifiée depuis la veille, les consignes transmises par les relais syndicaux, le plan de bataille connu de tous.

Ceux des bords et des ateliers de retouches bloqueront les voies de chemin de fer à l'est et à l'ouest de la ville. Les premiers arrivés contraindront le chef de gare à stopper le trafic ferroviaire. Pendant ce temps, les chalumistes découperont les rails par tronçons sur un kilomètre, amont et aval. Ceux de la Chaudronnerie et de la Tôlerie entraveront l'autoroute dans les deux sens à la hauteur de Saint-Cyr-sur-Mer : blocs de béton acheminés par des semi-remorques et déchargés sur la chaussée par les grutiers et les appareilleurs. Ceux de la Mécanique et de la Forge rejoindront les camarades de La Ciotat pour bloquer le péage et élever des barricades : palettes de bois, ferraille, pneus, braseros arrivés par la route. Tous les autres, ceux des magasins, des petites unités, tiendront fermement la porte des Chantiers et occuperont la totalité du site : quais, bassins, terre-pleins, ateliers de retouches, zones de stockage. Jour et nuit, par quarts de six heures.

Une heure plus tard, Filoche, Mangefer et moi marchons côte à côte. Fantassins en bleu de chauffe. À nos tailles pendent tournevis, marteaux, clés à molette, formant ceinture de plomb. D'autres portent sur leurs épaules cisailles, pinces-monseigneur et pieds-de-biche, la face noircie de suie à la manière de monte-en-l'air. Barbe, lui, va son chalumeau à la main, calot en arrière sur la tête, lunettes de protection sur le front. Avec ses camarades de la découpe, il ouvre la marche, en fer de lance. Nul dans cette troupe n'imagine mener combat à mains nues ; nos outils sont nos armes.

Y en a-t-il un seul parmi nous, à ce moment-là, qui doute de l'utilité du coup de force que nous engageons ? Nous sommes des mécaniques emballées, mues par l'énergie du désespoir. Sur notre passage, l'air vrombit. Tel un essaim avant une migration. Une fièvre monte qui ne tient pas uniquement à la température extérieure. Elle gonfle nos tempes, nos crânes prêts à exploser.

Le chef de gare nous voit débarquer peu avant dix heures. Il sort brusquement de son bureau. Son visage vire au blême. Il remonte sa casquette étoilée sur son front. Pendant quelques secondes, il cherche une explication rationnelle à notre incursion. Puis il comprend et se résout. Sans se faire prier, il passe sous nos yeux deux ou trois coups de fil, interrompant le trafic presque instantanément, les aiguillages actionnés en amont et en aval, les trains arrêtés en gare de Toulon et de Marseille. Barbe et ses compagnons chalumistes, eux, sont déjà à pied d'œuvre, accroupis sur les rails à faire rougir l'acier. Au fur et à mesure qu'un tronçon cède, nous le dégageons à coups de masse. D'une certaine façon, nous retrouvons dans nos tympans le bruit perdu des Chantiers.

Le reste de la journée se passe en occupation. L'attente est déjà notre lot quotidien depuis des semaines. Sur des voies de chemin de fer la pause prend un côté bucolique. Nous ressemblons à des gardiens sans troupeau. Les rares voyageurs qui se présentent nous apportent leur soutien. Ils défilent devant notre cahier de pétition pour apposer leur signature. À voir leurs mines de compassion, j'ai l'impression que nous avons ouvert un registre de condoléances.

Les premiers échos des autres points de blocage nous arrivent en début d'après-midi par radio CB. Apparemment, la vie de nos camarades est beaucoup plus mouvementée que la nôtre. Deux compagnies républicaines de sécurité les ont chargés simultanément en fin de matinée. Au péage de La Ciotat, plusieurs cabines de contrôle ont été endommagées. Sur l'autoroute, entre Saint-Cyr-sur-Mer et Bandol, l'affrontement s'est déroulé sous une pluie de gaz lacrymogène. À côté, nous faisons figure de résistants en train de plastiquer des voies en rase campagne.

Combien de temps notre lutte prit-elle cet accent jusqu'au-boutiste ? Deux semaines ? Davantage ? Peu à peu, nous avons perdu la notion du temps et de la valeur des choses. Chaque matin, la sueur qui perlait à nos fronts n'était pas due au soleil de juillet. Elle venait plus sûrement de la brûlure de nos pensées, de l'incandescence de nos émotions. Au fil des jours, nos actions n'étaient plus dirigées. Elles se faisaient de manière brutale. Décidées sur un coup de tête. Il n'y avait plus de tête, d'ailleurs. Le mot d'ordre initial de tenir autant de temps qu'il le faudrait, comme on tient un siège, se perdait dans le bruit et la fureur. Nous ne suivions plus que notre instinct grégaire. Un jour nous improvisions des meetings avec les habitants des villes avoisinantes. Le lendemain, nous défilions en masse dans les rues, nos slogans en porte-voix. Le surlendemain, nous investissions les sous-préfectures, foulards relevés sur nos visages, à la façon d'apaches défendant un territoire. Puis nous reprenions le cycle de blocage des routes et voies ferrées et de l'affrontement avec les forces de l'ordre… Jusqu'à ce 14 Juillet où nous étions résolus à empêcher le défilé militaire dans la ville, avant d'être ramenés à la raison par la municipalité, qui restait un de nos soutiens inconditionnels depuis le premier jour. Tout cela était dans le droit-fil de cette pièce à laquelle nous rajoutions notre propre scène. La plus spectaculaire sans doute. Celle de l'expression incontrôlée de notre colère. Car c'était bien de cela qu'il s'agissait : nous liquidions notre colère. Pendant ce temps, en coulisse, eux liquidaient les Chantiers.

Durant toute cette période, je dormis peu. Mangeai sur le pouce. Ne rentrai que rarement à l'appartement. Je ne voyais presque plus Louise. Quelque chose avait claqué dans ma tête. Quelque chose qui empêchait le développement de toute autre pensée. Comme une porte que vous refermez brutalement sur le reste de votre existence. Je me rappelle en être sorti totalement désynchronisé ; le temps à retrouver, le sommeil à regagner, l'appétit à recouvrer.

Pendant plus d'un mois, j'ai gardé la chambre, lumière bannie. Je ne la quittais que pour me soulager, couper une faim irréelle. Louise venait me visiter, tel un patient souffrant d'un mal mystérieux. Ses mots de réconfort m'arrivaient à la manière de bruits diffus, papillons de nuit butant contre la cire molle de ma conscience. Je levais les yeux vers elle, mais je ne réagissais pas, dévorant les mêmes idées noires, lombrics qui se reformaient au rythme soutenu où je les avalais. Elle a fini par me regarder comme une bête curieuse. Je n'ai jamais su si elle m'avait plus plaint ou blâmé.

Je suis resté ainsi jusqu'à la fin de l'été, nauséeux, subissant les effets d'une cuite qui n'en finissait pas. Saoulé de tristesse.

— Si on partait…

J'ai dû faire la mine ahurie du type qui ne comprenait pas, pour qu'elle répète :

— Si on partait…

— Partir… Comment ça ? Mais où ?

— N'importe où ! Tu prends la prime de départ, et on fout le camp d'ici. On plie bagage. On se trouve un endroit qui nous plaît, et on recommence à zéro…

— On recommence ? On recommence quoi ?

— Une nouvelle vie, pardi ! Tu le fais exprès, de pas comprendre ?

— Une nouvelle vie, tu crois que c'est possible ?

— Et pourquoi ça serait pas possible ? Ça dépend que de nous, non ?

J'ai fait tourner mon verre entre mes doigts en fixant du regard la mousse qui glissait le long de la paroi.

— Et toi, l'hôpital ?

— L'hôpital, c'est pas un problème. Des infirmières, on en demande partout. Je peux retrouver du travail comme je veux… Et puis je peux aussi faire autre chose…

— Autre chose ?

— Oui. C'est l'occasion. Je pourrais très bien faire un autre boulot. Me lancer dans quelque chose qui me plaît...

J'ai relevé la tête.

— T'as des idées ?

— Des tas.

Louise rayonnait. J'avais l'impression de ne pas l'avoir vue de l'été. Elle avait le teint bruni des voyageuses au long cours. À côté, je devais ressembler à un visage pâle dans un film de cow-boys. J'ai replongé le nez dans mon verre.

— Toi, peut-être, mais moi...

— Taratata ! Tu peux faire plein de choses. T'as des mains en or.


Elle m'avait donné rendez-vous au Navigateur, ce bar où nous nous retrouvions, le soir après les Chantiers, les premiers temps de notre rencontre. Sans doute était-ce pour elle l'endroit idéal pour me proposer un nouveau départ. Je n'y étais pas revenu depuis un bout de temps – des années. Le décor avait changé. Il y avait du plastique partout, des posters de Michael Jackson et de Grace Jones aux murs, un billard américain et des flippers dans l'arrière-salle. Cindy Lauper chantait *True Colors* dans les baffles. La clientèle avait rajeuni, le cheveu moins long, le vêtement moulant, les créoles fluo aux lobes des filles. Les tables en bois, les banquettes en similicuir, l'immense glace derrière le comptoir avaient disparu avec son tenancier légendaire, Gros Bert comme on le surnommait, faconde et embonpoint, en tee-shirt toute l'année, qu'il pleuve ou qu'il vente. Une figure du coin.

À l'époque, l'endroit faisait tabac PMU. Mon père s'y rendait chaque dimanche matin. Il lui arrivait de m'y emmener. Il achetait ses cigarettes pour la semaine. Des *Gitanes Caporal*. Je lorgnais souvent le paquet bleu à l'effigie de la danseuse bohème, sa large robe flottant au milieu des volutes, posé sur le bahut de la salle à manger. Puis il faisait son tiercé. Il appelait ça son « blé de l'espérance ». Il y avait un type à l'entrée, assis devant une table. Les gens attendaient leur tour devant lui. Que des hommes ! Je revois ses doigts bagués qui encochaient à la chaîne à l'aide d'une petite pince des tickets à volets carbonés. Les chutes tombaient en confettis à ses pieds. Chaque fois, en sortant, me revenaient les paroles du *Poinçonneur des Lilas* :

> *J'ai dans la tête*
> *Un carnaval de confettis*
> *J'en amène jusque dans mon lit*

Je les fredonnais, ma main dans celle de mon père, poussant du pied une balle imaginaire.

— Ça te laisse songeur à ce point, ce que je te propose…

Louise m'avait tiré brutalement de mon souvenir.

— Non, non… Enfin…

— Enfin quoi ? Ça ne te paraît pas évident qu'il faut tourner la page ?

Tourner la page. Cette expression avait les habits des lendemains de deuil.

— Les Chantiers, c'est fini. Il faut que tu t'enfonces ça une bonne fois dans le crâne…

— Je sais.

— Alors ?

— Alors, faut voir… Tu me prends de court.

Elle a pris mes mains, les a réunies dans les siennes. Son regard cherchait une approbation.

— D'accord. Réfléchis. Mais, je t'en supplie, ne tarde pas.

J'ai simplement cligné des yeux.

Nous sommes sortis du Navigateur. La douceur du temps poussait à la promenade, mais aucun de nous n'en avait réellement l'envie. Machinalement, nous avons pris le chemin le plus direct qui menait à l'appartement. Nous marchions chacun dans un couloir imaginaire, tels des athlètes soumis à un règlement de course. De temps en temps, ma ligne croisait la sienne par inadvertance. Je me recentrais instantanément, m'excusant du bout des lèvres. À marcher à ses côtés, j'avais toujours eu l'impression d'être mal équilibré. Sa démarche dégageait une telle légèreté qu'elle alourdissait la mienne, comme si j'étais chaussé de semelles de plomb.

En ouvrant la porte de l'appartement, Louise a filé dans la salle de bains. Je me suis affalé sur le sofa, tel un poids mort. Je sentais le vague à l'âme pointer au creux de mon ventre. Je le sentais prendre corps, toucher l'épiderme, serrer mon cœur avec ses mains froides. Voilà, on y est, j'ai pensé, le bonheur est parti, et le chagrin va prendre sa place. Il a fini de se reposer, le chagrin, comme aurait dit le grand Léo. J'ai allumé une cigarette pour occuper mes mains. Je savais que si je ne faisais rien pour l'en empêcher, il grossirait, le chagrin, telle une tumeur. Il envahirait mes journées et mes soirs, avec son crachin de tristesse. Je savais tout cela. Mais, pour l'heure, j'avais la tête sous la ligne de flottaison, maintenu par une force insoupçonnée. Louise avait raison. Tôt ou tard, la fin des Chantiers ne pourrait plus me servir d'alibi.

— Ce fric, c'est juste de la compassion à bon compte… Ils t'enlèvent tout, ton travail, ta vie, tes projets, et ils te filent royalement deux cent mille balles, comme s'ils te donnaient la lune. Et après, qu'est-ce que tu fais avec ça ? Tu ouvres ta boîte ? T'achètes un commerce ? Comme c'est pas suffisant pour te lancer, tu empruntes. Et encore, si tu trouves une banque qui prête à des liquidés comme nous. Et puis tu te casses la gueule, et dans deux ou trois ans, t'es à la rue… Moi, on m'a pas appris à jouer au Monopoly dans la vraie vie. Ça m'intéresse pas, ce pognon…

— D'accord avec Mangefer, a renchéri Filoche. Je suis pas preneur non plus. C'est une arnaque ! Il faut les obliger à maintenir plus longtemps notre contrat de travail. C'est combien qui est prévu, Barbe ? Deux années ?

— Oui, deux ans.

— C'est pas assez pour se retourner. Il faut qu'on obtienne un vrai reclassement. Quelque chose de durable… Si on décide de prendre l'argent, ils nous le fileront. Et ensuite ils s'en laveront les mains. Ce sera plus leur problème.

Barbe a acquiescé :

— C'est sûr que le congé de conversion est pour la majorité d'entre nous la meilleure solution. C'est aussi l'opinion du syndicat… Et toi, Narval, qu'est-ce que t'as décidé ?

Décider ! C'était bien mon problème présent. Par moments, j'avais la sensation qu'une digue avait rompu dans ma tête et noyé chez moi tout discernement.

Je me suis forcé à lui répondre :

— Rien pour l'instant, j'ai rien décidé. Je me demande juste si après tant d'années passées aux Chantiers, on vaut encore quelque chose dehors. Je veux dire sur le marché du travail.

— Pourquoi on vaudrait plus rien ? s'est insurgé Filoche. On n'est pas des manchots, que je sache. On a encore nos dix doigts.

— J'ai pas dit ça. Tu me comprends pas, Filoche. Simplement, je m'interroge : est-ce que je suis capable de m'adapter à une autre façon de travailler ? À une autre vie de travail tout bonnement ? J'ai toujours connu que les Chantiers, alors… Toi, par exemple, tu imagines faire autre chose que poser des matelas d'amiante ? Ça fait combien de temps que tu fais ça ?

— Vingt-cinq ans. Et alors ? Peut-être même que je peux continuer à les poser ailleurs. L'amiante, y en aura toujours besoin.

Depuis le début de l'après-midi, nous étions assis au bord du quai, sous le pont levant, à balancer nos jambes au-dessus de l'eau, comme des mômes qui ont des heures à tuer. À cent pas de nous, le périmètre des cales sèches avait été ceinturé d'un cordon de protection. De loin, elles ressemblaient à des gouffres dont on aurait condamné les accès pour dangerosité. Ou, plus insolite, à des scènes de crime fermées au public, pour expertise. Au juste, qu'auraient-elles pu révéler que nous ne sachions déjà ? Leurs murs lisses, leurs fonds rêches, craquelés telle la peau d'un lézard, leurs tins abandonnés, le vernis éclaté. Personne ici ne se berçait plus d'illusions. Plus aucun bateau ne sortirait des radoubs. Nul tanker, pétrolier, navire de la Royale ne couperait à nouveau la passe de sa masse sombre. Ils avaient tous filé comme des ingrats de l'autre côté de la terre, en Asie, en Amérique, sous d'autres latitudes, là où la concurrence nous avait désarmés tels des fantassins de bois.

Cela faisait deux mois que nous occupions le site, cette zone à défendre dont tout le monde se fichait. Chaque matin, nous passions la porte des Chantiers pour tenir les murs. Les quais étaient notre chemin de ronde, la grande forme notre bout du monde où pleurer notre paradis perdu. Nos seuls compagnons étaient le soleil et le vent. La direction, elle, avait décampé depuis un bout de temps. Elle nous avait laissé notre dernier ennemi : nous-mêmes. Nous ne savions plus très bien à qui nous en prendre. Tout était devenu flou. Mirage dans un désert. On aurait pu rester ainsi plantés des années. Poteaux de coin. Jusqu'à ce qu'ils nous délogent, à coups de pelleteuses et de réhabilitations.

Tout cela devenait grotesque. Et puis ces discussions sur la reconversion, la prime de départ, les choix à faire, le passé duquel s'affranchir… Je ne les supportais plus. Je sentais qu'il fallait que j'en sorte, que je quitte le gué. Dussé-je abandonner momentanément mes camarades. J'ai fini par me lever. Je leur ai dit que je ne reviendrais pas le lendemain. Que tout cela n'avait plus de sens pour moi. Que j'étais épuisé. Que j'avais besoin de me reposer, de réfléchir. Qu'ils ne devaient pas m'en vouloir. Qu'on se reverrait très bientôt. Que je ne les oubliais pas. Je leur ai dit tout cela d'une traite, comme on se libère d'un chat dans la gorge. J'ai lu de la stupeur dans leurs yeux. Filoche a fait mine d'ouvrir la bouche, Mangefer l'en a empêché aussitôt, une main posée sur son bras. Barbe a fermé les yeux en guise d'approbation. J'ai topé dans leurs mains comme si je les obligeais à accepter un marché, et ils m'ont regardé partir.

J'ai longé le quai, contourné le bassin, sans savoir que c'était la dernière fois que j'empruntais ce chemin. Une lumière de fin de jour tombait lentement sur la rade. L'automne s'était radouci à la mi-novembre. J'ai pensé à l'été de la Saint-Martin dont me parlait Cochise avec ravissement, à celui que chantait Ferrat, ce redoux de l'amour que j'avais connu toute une année en 1981 avec Louise. Où était-il d'ailleurs, notre ami ? En vadrouille ? Retranché dans sa bergerie avec ses animaux ? Après les événements de juillet, il avait disparu. Volatilisé. Mangefer l'avait aperçu une fois en ville, roulant dans sa célèbre Méhari orange. Rien d'autre. Lui n'avait jamais donné de nouvelles.

Je lui en avais voulu, de ce départ brutal. Sans un mot. Sans une explication. J'étais resté un moment orphelin, privé de son accolade, de sa main sur ma nuque, de sa force rassurante, de nos balades à Balaguier, *La Zaca* toujours là, amarrée. Âme perdue. Lors de notre dernière visite, je m'étais interrogé sur ce qu'on pourrait faire pour elle, pour ne pas la laisser dans cet état. Cochise avait esquissé une moue de tristesse. Plus rien, avait-il répondu. Il n'y a plus rien à faire. Elle est comme nous, elle a fait son temps.

Pour elle, du moins, il se trompait.

Louise est partie un matin, presque naturellement. Comme pour un voyage programmé de longue date. Elle n'avait pas fait mystère du jour de son départ. Un billet de train pour Nîmes était posé depuis plus d'une semaine sur le frigo, sa valise bouclée dans l'entrée. La veille au soir, elle avait préparé ses affaires. Durant tout ce temps, elle ne s'était jamais détournée de sa tâche, la menant avec application, mesurant pour chaque chose la nécessité de l'emporter ou pas. J'avais eu l'impression d'assister à un cérémonial, comme un spectateur quelconque.

Elle a rangé soigneusement son titre de transport dans son sac à main, sorti un stick incolore qu'elle a passé sur ses lèvres pour leur éviter le dessèchement. Puis elle a décroché sa veste de la patère, m'a embrassé sur la joue, et a ouvert la porte – Je te donne des nouvelles très vite. Prends bien soin d'Apollinaire – avant de la refermer derrière elle. J'ai entendu le bruit de ses pas dans l'escalier, les gonds de l'entrée grincer. On était au mois de mars, le mois des fous où rien de bon n'arrive, disait ma mère. Des cris d'enfants montaient par la fenêtre ouverte. J'ai cru un instant qu'il n'y avait pas école. Puis je me suis souvenu que cela faisait des lustres que le jour libre des écoliers n'était plus le jeudi. Depuis mon départ des Chantiers, j'errais dans le calendrier comme on tourne en rond dans une ville inconnue, en cherchant son chemin.

La nuit d'avant, Louise et moi avions partagé le même lit tels deux amis. Tout s'était passé dans le calme. Ni elle ni moi n'avions montré une quelconque appréhension. Je m'étais réveillé le premier. J'avais attendu qu'elle se lève. Elle avait pris le temps de se faire un thé. Nous avions échangé quelques banalités sur la précocité du printemps, sur l'humeur de la ville depuis la fermeture des Chantiers. C'était étrange d'en être rendus là, nos regards croisés sans nous dévisager, nos mains immobiles sur le tissu du sofa, nos corps distants, nos gestes contraints, nos paroles banales. Qu'il était loin, ce temps du bord de mer. Ce temps dont nous remplissions par poignées des seaux de *p'tit bonheur*. Loin ce temps où je lui disais encore : C'est toi ma reine.

Nîmes. Je soupçonnais que ce n'était qu'une étape. Qu'elle avait probablement choisi comme destination finale une de ces petites villes du département. Je pensais à Uzès ou ses environs dont elle m'avait parlé quand elle croyait encore à ma volonté de la suivre. Uzès et sa route peinte par Nicolas de Staël qui se perdait entre les aplats, mauve et orangé, sur cette affiche qu'elle avait longtemps accrochée au mur de notre chambre. Elle se voyait bien aménager un mazet, vivre au milieu de la nature. Elle parlait de retourner la terre, de faire du maraîchage, de cultiver des plantes aromatiques, de planter quelques pieds de vigne. Moi, je n'y croyais pas. Je n'ai jamais eu le courage de le lui avouer, mais derrière tout ça, je n'entendais que le bruissement des feuilles, le craquement des arbres, le flic floc de la pluie sur les terrains boueux et, par-dessus tout, le silence retentissant de l'hiver. Ces plaines à perte de vue, ces grands espaces calcaires, cette garrigue battue par le vent n'étaient pas les miens. J'étais né dans un port, la mer en point de mire. J'avais grandi avec le bruit des tôles que l'on cogne, l'horizon barré par la ronde incessante des navires dans la darse. C'était mon théâtre à moi, le décor avec lequel me rassurer. Comment le quitter ? Comment laisser derrière soi ce qui vous a façonné des pieds à la tête ? Comment se séparer de tout cela sans trahir ? Partir sans se retourner ? Comme fermer les yeux de ceux qui vous ont donné la vie et, l'instant d'après, les oublier. Comment ? Les Chantiers s'étaient écroulés, nos efforts restés vains pour l'empêcher. Mais leur sang continuait de rouler dans nos veines. Notre manière de penser, notre façon d'être, nos attitudes, nos expressions, tout trahissait notre origine. Entre anciens, quand nous nous croisions, nous ne pouvions la renier. Des Chantiers, jusqu'à notre dernier souffle, nous resterions.

Ce soir-là, j'ai mis *Yesterdays* sur la platine, la version de 1963 avec Sonny Rollins et Coleman Hawkins. Deux titans poussant leur improvisation dans une rivalité sonore hors du commun. Le morceau enregistré en une seule prise. À jamais gravé.

Mon père est mort un lundi à l'hôpital intercommunal. J'étais passé des quantités de fois devant ce grand paquebot immobile, comme mis à sec à la sortie de la ville, sans jamais m'y arrêter. La veille, j'avais franchi les portes sans impatience. On m'avait orienté vers le troisième étage de l'aile nord, dans ce service de gériatrie qui ne disait pas encore son nom. Je savais déjà que je réclamerais d'y passer la nuit. On me l'accorda sans hésitation. L'infirmier de garde me demanda si je désirais qu'il m'installât un lit d'appoint. Je lui répondis que le fauteuil me suffirait. Il me remit des linges humides et des billes de gel aromatisé pour humecter les lèvres. Je compris que j'allais faire partie du protocole de fin de vie.

Depuis quelques jours, les premières chaleurs de juin s'étaient fait sentir. J'ai entrebâillé la fenêtre, puis éteint la veilleuse au-dessus du lit. La lumière de la lune chassait la pénombre sur le drap unique qui recouvrait jusqu'à la taille le corps de mon père. Le reste était à nu, comme mis au jour après une fouille minutieuse : le torse aux os saillants, les épaules tombantes, le cou nervuré, le visage anguleux, les mouches de vieillesse collées à la peau du front. Mais c'étaient ses mains qui m'obsédaient. Ses mains qui ne payaient pas de mine, doigts larges et paumes épaisses. Ses mains que je craignais tant, enfant, lorsqu'elles virevoltaient au-dessus de ma tête. Ses mains jadis si habiles : la précision de leurs gestes, tout en contrôle et minutie, les objets les plus fins, les plus minuscules, ne leur échappaient jamais. Ses mains qui auraient pu attraper au vol le vent si elles l'avaient voulu. Et là, sous mes yeux, ses mains devenues nature morte, leurs plis calleux, leurs phalanges élimées, le cuir de leur peau usé.

Sous l'effet du sédatif, elles avaient cessé de trembler, posées à plat, doigts écartés, sur le matelas. Elles ne ressemblaient plus qu'à deux objets de décoration. L'observateur curieux aurait pu les saisir, les examiner sous toutes leurs coutures, avant de les reposer à la place qu'on leur avait assignée. Seule une petite coupure à l'index droit, près de l'ongle, son filet de sang coagulé, leur donnait encore un semblant de vie. J'ai soulevé un à un chaque doigt, les laissant retomber sur les touches silencieuses du lit. Ça m'a rappelé cette manie, assez irritante, qu'il avait de pianoter sur le bois de l'accoudoir de son fauteuil lorsqu'une conversation ne l'intéressait pas, qu'il vous écoutait à contre-cœur.

Derrière les murs, j'entendais distinctement les plaintes, les râles, les appels répétitifs, certains délirants, des patients. La nuit avançant les délivrait, telles des bêtes quittant leur terrier pour crier à l'air libre. De lui, à l'inverse, aucun son conscient ne sortait. Il se tenait, bouche entrouverte, yeux clos, respiration cadencée. Une fièvre généralisée le brûlait depuis plusieurs jours. Contre elle, il n'y avait rien à faire, m'avait dit l'infirmier. On lui avait retiré les barrières de lit et les sangles de corps. Sur un moniteur s'affichaient les constantes minimales relevées en soins palliatifs. Seule restait cette pompe à morphine qui le reliait encore à la vie hospitalière. Une lumière rouge sur l'appareil clignotait par intermittence, la progression du piston dans la seringue réglée au millimètre. J'ai pensé à ces tubes à bain d'huile ou de vapeur qui équipaient les moteurs à bord des navires. Ces éprouvettes opaques dont la finesse des graduations nous donnait des sueurs froides pour mesurer avec exactitude les états progressifs des fluides. On était loin de la Machine, son espace contraint, son atmosphère humide, ses bruits amplifiés. Loin des Chantiers, de la porte qu'il avait passée, chaque matin, sac sur l'épaule, plus de quarante années durant.

Qu'avait-il su réellement de leur disparition ? Probablement, ma mère et ma sœur lui en avaient caché l'essentiel. Comme on épargne à un enfant une peine que seules les grandes personnes auraient le droit de ressentir. Après tout ! À quoi cela aurait-il servi d'ajouter une autre fin à la sienne ?

Vers quatre heures du matin, sa respiration s'est arrêtée une première fois, avant de repartir quelques secondes plus tard. L'infirmier m'avait prévenu. Il arrive que le sang fasse une pause sur son chemin. Souvent, ce n'est plus qu'une question de minutes avant que la circulation ne stoppe définitivement, avait-il ajouté. Je me suis penché, j'ai posé mon oreille sur sa poitrine. Le soulèvement de cette dernière massait légèrement ma joue, sa cavité pulmonaire vibrait sous l'effet du râle. J'ai eu la sensation d'être juste au-dessus d'un volcan en voie d'extinction. Je n'ai pas eu à attendre bien longtemps. Le second arrêt s'est produit moins d'une dizaine de minutes plus tard. J'ai attendu qu'il se prolonge, puis j'ai quitté la chambre et rejoint la salle de garde pour prévenir l'infirmier. Nous sommes retournés ensemble au chevet de mon père. Il a pris son pouls au niveau de la carotide, et m'a confirmé le décès. Il a posé sa main sur mon épaule. Allez prendre l'air un moment, le temps que je le prépare. Cet homme avait sans doute été confronté des dizaines de fois à cette situation, mais sur l'instant, l'empathie dont il fit preuve me parut si sincère que je la crus définitivement exclusive.

Dehors, une personne gémissait devant les urgences, d'autres tournaient en vain dans une ronde d'angoisse. Une ambulance attendait, hayon ouvert, gyrophare en action. J'ai demandé une cigarette au chauffeur qui fumait, appuyé contre la portière. Je me suis assis sur le rebord du trottoir. La température avait baissé. J'ai eu un frisson. Voilà ! C'était fini. Mon père était mort. Je ne le visiterais plus désormais qu'au passé. J'avais beau avoir répété la scène de nombreuses fois ces derniers temps, la vivre pour de vrai me parut terriblement déstabilisant, si différent de ce que j'avais imaginé. Les larmes ne me venaient pas. Comme si elles m'étaient refusées. J'ai écrasé la clope à demi consumée, et je suis retourné dans la chambre. Le drap avait été remonté sur son corps, la tête seule à découvert. Il paraissait apaisé, les traits à peine marqués. Mourir ne semblait pas lui avoir demandé le moindre effort. Les premières lueurs de l'aube jetaient sur son visage une lumière rosée qui lui donnait un faux air d'éternité. Étrangement m'est revenue la vision du cadre sous verre accroché depuis mon enfance dans le couloir de l'appartement familial. À l'intérieur figurait une photographie de bon format. Elle représentait *La Marseillaise*, un navire-hôpital qui faisait la ligne Marseille-Beyrouth pour la Compagnie des messageries maritimes. Mon père en avait maintes fois réglé les diesels, avant que le bateau ne s'embrase et coule à pic un jour d'octobre 1961 en rade de Grenade, après une explosion dans la salle des machines. J'ai pensé : Ne pas oublier de le récupérer.

J'ai commencé à écrire après l'inhumation de mon père. Enfin, je ne sais pas si « écrire » est le terme qui convient. Coucher des mots, des phrases sur le papier serait sans doute plus juste. Jusque-là, je n'en avais pas ressenti le besoin. Ni le départ de Louise, ni la fermeture des Chantiers n'avaient été des événements déclencheurs. Mais choisit-on réellement le moment de rompre le silence ? J'avais gardé de mon passage dans cette chambre d'hôpital où mon père n'aurait pas voulu finir une musique lancinante dont je ne parvenais pas à me défaire. De celle qu'installe parfois le vide dans une vie. Il me semblait qu'elle ne s'atténuerait pas tant que je n'en prendrais pas la mesure.

J'avais déniché un carnet dans les affaires que Louise n'avait pas emportées. Elle en avait tout un tas, où elle dessinait et écrivait des « trucs » à elle, comme elle disait. Celui-là était resté vierge. Sur la manière de m'y prendre, je n'avais pas d'idée précise. J'imaginais simplement m'asseoir à la table d'écriture, le besoin ressenti. Me tenir aux mots comme à un fil dans l'obscurité. Et remonter avec eux cette histoire jusqu'où ils voudraient bien.

Louise avait également laissé une courte lettre à mon intention, qu'elle avait renoncé à me remettre, sans pour autant la détruire. Sans doute pensait-elle que je finirais par tomber dessus un jour ou l'autre. Elle était datée de la veille de son départ.

Je m'en vais demain, tu l'as compris, je crois. Je ne veux pas t'encombrer plus longtemps dans cette vie où je ne me retrouve plus. J'ai besoin d'autres paysages à me mettre sous les yeux, d'un autre chemin à suivre. J'ai pensé quelque temps que nous pourrions découvrir tout cela ensemble, mais je me suis rendu compte que je te demandais de partager l'impossible. Tu as raison, tu aurais été malheureux. Tu as trop de choses qui pèsent sur tes épaules et t'empêchent de respirer ailleurs. J'en suis désolée. On ne vit pas à deux sous des décombres.

Je t'embrasse.

Louise

Depuis, je n'avais reçu de ses nouvelles qu'à deux occasions. À son arrivée dans le Gard. Une carte postale d'un paysage des environs d'Uzès – j'avais vu juste quant à sa destination. Quelques mots qui se voulaient rassurants et remplissaient à eux seuls l'espace. *Je m'installe doucement. Je vais bien. Prends soin de toi. Louise.* Puis à mon anniversaire, trois mois plus tard, un courrier d'une dizaine de lignes dans lequel elle disait avoir repris son activité d'infirmière dans un centre de soins départemental, et s'être provisoirement installée au rez-de-chaussée d'une maison de village. Elle évoquait évasivement des envies, des projets qu'elle ne nommait pas. *Comment se porte Apollinaire ?* concluait-elle.

J'avais finalement choisi de prendre la prime de départ. Un peu moins de deux cent mille francs, au prorata de mes années d'ancienneté aux Chantiers. J'avais l'impression d'être un tueur à gages que l'on payait pour sa propre exécution. Je savais que j'étais minoritaire. Mes camarades, eux, avaient accepté le contrat de reconversion : deux ans de formation avec soixante-dix pour cent de leur salaire. Je les comprenais. Barbe et Filoche avaient des bouches à nourrir. Mangefer, lui, envisageait de retourner dans le bassin dunkerquois. Pour moi, l'urgence n'était pas la même. Les Chantiers, Louise, mon père, la ville : je n'avais rien soldé. J'attendais que quelque chose arrive, comme tombé du ciel, qui remette mon existence à l'endroit.

Cela faisait combien de temps que je n'avais plus revu Cochise ? Tout en roulant, j'ai compté six années, à quelques jours près, depuis ce fameux matin de juin 1986 où je l'avais vu tourner les talons pendant que Louis Poggi s'enflammait devant la porte des Chantiers. Six années ! Tant de choses depuis avaient bousculé ma vie que son départ brutal n'était plus alors qu'un regret.

Sur le moment, j'avais traîné cette déception dans le sillage de l'été. Elle ne tenait pas tant à ce libre choix que j'avais fini par lui consentir, qu'au silence qui avait suivi. Pendant des mois, avec Filoche, Barbe et Mangefer, au nom de l'amitié qui nous liait, nous avions attendu en vain un signe de sa part. Si la fin des Chantiers était aussi celle de la camaraderie, alors c'était à désespérer de tout. Pourtant ! Il fallut se faire une raison : le silence de Cochise n'était plus une éventualité, mais un fait imprescriptible. Chacun s'en arrangea avec lui-même, selon sa personnalité. Mais entre nous, nous avions pris le parti de nous y tenir, et de ne plus évoquer Cochise dans nos conversations, sans pour autant qu'il quittât nos pensées.

Les miennes me poussaient souvent jusqu'à Balaguier. Tu aimes te faire du mal, m'avait dit Louise, le jour où je lui avais avoué la destination de mes promenades. Je ne sais pas si on pouvait appeler cela du masochisme. Je crois que c'était plutôt une forme d'attirance. Quelque chose m'aimantait là-bas. Je prenais le pas du désœuvrement et, presque invariablement, il me conduisait dans ce cimetière industriel qui préfigurait la fin des Chantiers.

Et puis il y eut cette dernière fois où, arrivant sur les lieux, dépassant l'exposition habituelle des machines rouillées à cœur, je m'étais retrouvé face à la mer, le regard à toucher la presqu'île de l'autre côté de la baie. Je ne me rendis pas compte immédiatement que le décor en était modifié. Comme sur un mur, le vide laissé par une toile absente ne suffit pas à aussitôt attirer le regard. Un pêcheur était assis sur un pliant au bord du quai, sous ce saule où nous profitions de l'ombre, Cochise et moi, au plein des heures chaudes. Puis tout à coup, cette présence m'éclaira sur l'absence d'une autre. *La Zaca* ! Elle n'était plus là. Je me suis avancé à la hauteur de l'homme, pensant que s'il était un habitué de l'endroit, il aurait peut-être remarqué la disparition.

— Bonjour. Excusez-moi, je vous dérange…

Il a levé les yeux vers moi.

— Vous venez souvent par ici ?

— Presque tous les jours.

— Il y avait un grand bateau blanc amarré au quai jusqu'à l'année dernière.

— La goélette ?

— Oui, c'est ça, une goélette. Vous ne sauriez pas ce qu'elle est devenue, par hasard ?

Il a fait une mimique montrant son ignorance.

— Tout ce que je peux vous dire, c'est qu'elle a disparu des radars du jour au lendemain.

J'ai pensé à *Manureva*, le bateau d'Alain Colas évanoui avec son skipper quelques années auparavant au large des Açores pendant la première Route du Rhum. Puis à Cochise, que je n'avais plus revu depuis un bail, sa présence dont je m'étais privé tout ce temps. Quel sens peut avoir cette histoire de premier pas quand l'amitié n'est pas éteinte ? Pour sûr le bonhomme n'avait pas changé d'adresse, toujours niché au pied de son col. En rentrant, je lui ai écrit un mot lui annonçant ma venue quelques jours plus tard. La souhaitait-il ? Je n'en avais aucune idée. Je prenais à mon tour la liberté qu'il s'était octroyée jadis avec notre relation. Après tout, il me devait bien cette sorte de dédommagement.

La bâtisse se dressait à la sortie d'un virage serré. J'ai reconnu la Méhari garée devant. Elle faisait comme un aplat orange sur fond de verdure. Mona, sa compagne, est sortie la première à ma rencontre.

— Lino ! Lino ! *Vieni !* elle a crié. François est là.

Je me suis souvenu qu'elle ne nous appelait jamais par nos surnoms. Ça, c'est entre vous, avait-elle dit un jour.

On l'a vu apparaître, en haut d'un monticule, une hache à la main. Mona a fait une moue d'agacement.

— Il fait du bois pour l'hiver prochain, et on n'a pas encore passé le printemps. Il me rend folle ! Je te le laisse. Je rentre faire du café.

Je l'ai observé pendant qu'il arrivait, le pas alourdi, les épaules tombantes, le dos rond comme une balle. Je ne reconnaissais pas sa démarche. Elle trahissait une grande fatigue. J'ai mis ça sur le compte du travail de coupe. Devant moi, il a lâché son outil puis tapé sur mon épaule.

— *Come va*, petit ?

J'ai souri. Il était seulement de quatre ou cinq ans mon aîné, mais il m'avait toujours désigné affectivement ainsi – une pratique habituelle aux Chantiers entre un ancien et un bleu. Il portait un pantalon de toile dans lequel ses jambes semblaient flotter. Une ceinture serrée au dernier cran lui tenait la taille. Son tee-shirt échancré laissait entrevoir ses côtes. Il était exagérément amaigri. Il m'a pris affectueusement par le cou.

— Viens ! On sera mieux à l'intérieur.

La pièce était profonde, meublée rustiquement, avec un âtre dans lequel on aurait pu faire tourner un cochon entier. On s'est assis à une table épaisse d'une main. J'ai pensé à Louise et ses envies d'authenticité.

— On vit là le plus clair du temps. Le reste de la maison est mal chauffé, et pas très bien ventilé l'été.

— Café ? a demandé Mona du fond de la salle.

— Volontiers, ai-je répondu.

— J'ai su pour ton père, a dit Cochise. Mais tu sais, on ne bouge plus trop du coin, à part pour les courses à Draguignan.

— T'en fais pas ! Je comprends.

— T'as des nouvelles des autres ?

— Je vois souvent Barbe à la Régence. Et de temps en temps, je croise Filoche au marché ou sur le port. Mangefer, moins, il devait repartir dans le Nord.

Je l'ai regardé touiller son café. Ses yeux bleus égarés dans son visage émacié, son bandeau rouge descendu sur la moitié de son front, la peau de ses bras distendue. Il était loin de sa magnificence du temps de ses exploits d'appareilleur.

105

— Tu as pris la prime ?

— Oui. Toi aussi ?

— Oui, ça nous a permis de faire quelques travaux. La charpente, l'isolation, la bergerie… On a une dizaine de brebis, un poulailler, un grand potager sur le terrain en contrebas.

— T'as toujours des chevaux ?

Il s'est mis à rire.

— Non. Ça, c'est une légende. J'avais récupéré une jument du temps des Chantiers. La bestiasse têtue, un peu rebelle, tu vois le genre. J'ai mis longtemps avant de pouvoir la monter. Du coup, ça a fait le tour de l'atelier ! Et j'ai fini avec la réputation de dresseur de chevaux… Sinon, t'as retrouvé du boulot ? Et Louise, *come va ?*

— Louise est partie.

Mona a tourné la tête dans ma direction sans rien dire.

— Pour le boulot, rien de définitif. Depuis quelques mois, je donne un coup de main trois après-midi par semaine dans un magasin d'encadrement et de décoration. On est deux à s'occuper de tout ce qui est à encadrer : des tableaux, des photographies, des affiches, des diplômes… C'est fou, tout ce que les gens aiment mettre en valeur ! C'est une entreprise familiale. La patronne est chouette. Il y a un petit atelier dans l'arrière-boutique. Pour l'instant, ça me va. J'y suis à mon aise.

Cochise s'est levé.

— En parlant d'atelier, je vais te montrer ma forge.

On a fait le tour de la bâtisse, entre des herbes qui montaient à mi-cuisses.

— Il faut que je débroussaille.

— T'as de la superficie, dis donc…

Il a désigné du doigt des murets.

— Deux hectares. Jusqu'aux restanques, là-bas.

Il a fait coulisser une porte métallique. On est entrés dans une salle voûtée, les murs de pierre montés à la chaux. Rien ne manquait. La cheminée centrale, le système de soufflerie, les enclumes sur les billots de bois, la cuve à charbon, et toute une flopée d'outils : marteaux, tenailles, étampes, tranches d'enclume, bouterolles, alignés comme des soldats de plomb le long des râteliers.

— J'ai tout fait moi-même.

— Tu travailles pour des gens ?

— Au début c'était juste pour moi. De la ferronnerie pour la terrasse que tu as vue devant la maison. Quelques outils à tailler par-ci par-là. Et puis j'ai eu des commandes, de gens du coin, et je me suis pris au jeu. Je fais aussi un peu de coutellerie.

Je me suis approché de la cheminée. Le soufflet était à peine noirci. Les cendres, elles, paraissaient anciennes. Comme si le foyer n'avait pas été allumé depuis un moment. Lui s'était écarté, il m'a désigné un angle sous la pente du toit.

— Ici, j'aimerais installer un four. Je voudrais m'essayer au soufflage du verre.

Il a rassemblé ses mains sur une canne imaginaire, et gonflé ses joues exagérément à la manière d'un Gillespie sur l'embout de sa trompette. Une violente quinte de toux a stoppé son mime, le pliant tel un roseau. Quand il s'est redressé, son regard n'augurait rien de bon. Il a évacué mon trouble d'un geste par-dessus son épaule.

— C'est rien. Une bronchite mal soignée que je traîne depuis cet hiver.

Nous sommes ressortis. Le jour commençait à tomber. Des nuages s'étaient formés dans le ciel rougeoyant. Je me suis imaginé que Cochise venait de les souffler au bout de sa canne dorée. Il m'a raccompagné jusqu'à mon véhicule. Mona nous regardait de loin, enveloppée dans un châle sombre. Au moment de nous quitter, il m'a serré dans ses bras comme un fils. J'avais l'impression de voir clair dans ses yeux humides. Je ne lui avais même pas parlé de *La Zaca*.

La lettre traînait sur ma table depuis plusieurs jours. C'était la deuxième relance que m'adressait la caisse régionale d'assurance-maladie en moins d'un mois. Elle me demandait de faire un dépistage de pathologies professionnelles liées à l'amiante. Je devais passer une radio pulmonaire, me soumettre à des tests respiratoires, avant de me présenter, avec les résultats, chez un des médecins-conseils dont la liste était jointe.

J'avais téléphoné à Barbe, le seul dont je possédais encore le numéro. Il m'avait confirmé que tous les anciens des Chantiers avaient reçu le même courrier. Tous ceux qui travaillaient ou avaient travaillé dans les sites industriels de transformation ou d'utilisation de l'amiante étaient concernés.

Sept années s'étaient écoulées depuis la fermeture des Chantiers. Sept années au bout desquelles nos métiers, nos savoir-faire, nos expériences s'étaient dissous dans un plan de restructuration dont on n'avait jamais rien su des résultats. Nos existences dispersées, pour eux, nous n'étions plus que des reclassés. Nul d'entre nous ne portait plus sa colère le long des quais, des voies ferrées ou des autoroutes, nos mots

109

envolés, nos slogans rangés, nos banderoles roulées. Les Chantiers avaient mis la clé sous la porte. Nous n'en serions plus jamais. Nous étions devenus des nombres, des pourcentages sur des tableaux statistiques. Ils nous avaient réduits à des taux de réemploi, de chômage, de créations d'entreprise, de préretraites, nos curriculums répertoriés, analysés, suivis, nos visages agrafés, nos vies numérotées sur des dossiers cartonnés. Sur la crête de nos têtes épinglées on traçait des avenirs incertains. Les organismes les plus divers – ANPE, Unedic, Assedic – étaient restés au chevet de ceux d'entre nous qui boitaient encore professionnellement, les uns pris dans les doutes d'une conversion trop rapide, les autres dans les mailles d'un projet qui les dépassait. Nous avions fini par nous perdre dans cet océan de sigles. Beaucoup d'entre nous ne s'occupaient pas de qui était qui et qui faisait quoi, ballottés que nous étions au gré de nos histoires personnelles.

Bien sûr, nous nous tenions au courant des réalités des uns et des autres. La rumeur circulait dans un cercle fermé. Celui-là avait monté sa boîte. Pour combien de temps ? Celui-ci avait quitté la région. On avait perdu sa trace. Cet autre était chômeur. On l'apercevait trop souvent dans les bars du port. Ce dernier avait divorcé. On racontait qu'il était en dépression. Tout se disait entre deux poignées de main, le col relevé ou la casquette sur le crâne selon la saison. Parfois des larmes montaient aux yeux et nous faisions mine de regarder ailleurs. Alors nous tournions la conversation sur la roue des banalités : la pluie et le beau temps, les champignons à l'automne, les oursins au printemps, le bricolage et le cœur à l'ouvrage pour ceux qui en avaient encore. Cela valait mieux que ressasser le passé.

Et voilà qu'ils nous réveillaient ! Voilà qu'ils nous sortaient du placard où nous nous tenions tranquilles et silencieux. Quelque chose tout à coup les inquiétait. Ils avaient besoin de savoir ce qui se passait dans nos corps. Avant même que nous en ressentions les prémices, que nos têtes s'en emparent, que nos bouches en expriment l'anxiété. Leur prévenance avait un goût de soupçon. On dirait qu'ils veulent nous prendre de vitesse, avait dit Barbe avant que nous raccrochions.

Des substances, dans la Machine, il y en avait à la pelle. Elles flottaient devant nos narines, suintaient sur les parquets, graissaient les blocs-moteurs, vaselinaient les collecteurs, les gaines et les câbles. Plomb, benzène, solutions de sodium, huiles minérales, hydrocarbures, fumées de soudure, résines, décapants, poussières de métal ou de bois, vapeurs diverses – pour ne parler que des risques chimiques –, la liste longue comme le bras. Elles faisaient partie intégrante de nos vies professionnelles. On portait sur elles un regard fataliste. On les passait sous silence le plus clair du temps. Seuls nos corps en parlaient : notre respiration souvent engorgée, notre salive d'un seul coup chargée de sable, nos yeux piqués de larmes, nos mains mouchetées de brûlures, leur peau rayée comme la glace d'une patinoire. Certes nous nous protégions ! Mais cela se faisait selon les circonstances de la tâche à exécuter. Je revois Mangefer jeter sur le parquet ses gants de protection, le cuir qui le gênait pour braser la tubulure qu'il était en train de fixer, Barbe relever ses lunettes sur son front pour mieux apercevoir le point de fusion de sa découpe, l'Horloger ôter ses bouchons d'oreilles pour mieux écouter la fréquence vibratoire des turbos. Et tant d'autres faire fi des dangers qui les entouraient, pourtant maintes fois atteints dans leur

111

chair par la lame qui coupe, les mors qui pincent, les étincelles incandescentes, les projections acides. Il n'y avait de notre part aucun autre défi, seulement le besoin d'ajuster le geste au métier.

Alors l'amiante dans tout ça ! La dame blanche, comme l'appelait Cochise. Comment dire plus simplement que nous vivions avec, colocataire imposée de tous les carénages ? Elle et nous partagions la même atmosphère, la même colonne d'air. Mais de sa nature profonde que savions-nous ? Elle était cette inconnue familière à laquelle on aurait donné le bon Dieu sans confession. Et d'aspect, qu'avait-elle de si particulier qui aurait dû nous alerter ? Ses cheveux d'ange tressés serré ? Son teint crayeux de malade ? Sa peau écaillée comme celle d'un lézard ? Était-ce là une allure vipérine qui aurait dû éveiller nos soupçons ? Avouez que le diable ne porte pas toujours les habits qu'on croit. Presque innocemment, si j'ose dire, nous nous jouions d'elle autant qu'elle le faisait de nous. Au cours d'une même journée, combien de fois posions-nous nos mains sur sa matière volatile ? frottions-nous nos bleus de travail sur son épiderme ? Contre son tissage, pendant les pauses, nous roulions notre dos, comme des singes contre un arbre. Il nous arrivait même de chevaucher les grands collecteurs, nos jambes serrées sur la peau striée de ses matelas, dans un rodéo improvisé. On sentait la vapeur passer sous nos fesses. Torrent brûlant. L'amiante alors était bonne sœur. Sa calotte ignifugée nous protégeait. D'autres fois, on se tenait en tailleur sur ses tapis déroulés, prêts à l'emploi. On était loin des *Mille et Une Nuits*, mais cela valait mieux que frotter ses reins sur le parquet poisseux. On voyait Filoche et ses camarades calorifugeurs faire du cousu main. Ils taillaient dans le vif, à la cisaille, ajustaient aux ciseaux de couturière, perçaient à l'emporte-pièce, fixaient les œillets d'accrochage, finissaient au cutter. La fibre s'élevait et retombait en pluie fine sur leurs vêtements, saupoudrant leurs mains nues, pailletant leurs chevelures. Ils s'en moquaient. Le ramoneur a sa suie, le boulanger sa farine, moi j'ai le chrysotile qui me fait des pellicules, plaisantait Filoche. Après tout, nous avions chacun nos damnations. Les étincelles pour Barbe, les morsures des crocs pour Cochise, les ongles bleus pour Mangefer, les brûlures des fluides pour moi. Mais l'amiante était pour tous. La dame blanche distribuait sans compter, inéquitablement, au petit bonheur la chance, la main sur le cœur. On tournait autour du mal sans le savoir.

Asbestose. C'était la première fois que j'entendais le nom. Il avait fuité jusqu'à mes oreilles dans un sifflement forcé. Comme celui d'un son libéré long-temps enfermé. Il était paradoxal que sa phonétique me tienne en alerte avant son sens. Pendant quelques secondes, je me suis revu sur les bancs de l'école élémentaire, ce pipeau entre les mains dans lequel je soufflais désespérément sans parvenir à émettre la moindre note. Jusqu'au jour où, plaçant mes doigts différemment, un *do* s'était fait entendre, mettant en accord l'ensemble.

Le médecin a levé une de mes radios face à la fenêtre.

— Vous voyez, là ! Et là ! (Il pointait de l'index des zones grises sur le cliché.) Ce sont vos alvéoles pulmonaires qui commencent à être endommagées.

Non, je ne voyais rien. Sinon un crayonnage d'en-fant sur des quartiers d'orange en coupe. J'ai fini de boutonner ma chemise, avant de le rejoindre à son bureau.

— Vos tests pulmonaires sont à la limite... Vous vous sentez essoufflé après avoir fourni un effort ? du sport ? une longue marche ?

— Non.

— Des douleurs thoraciques ?

— Non.

— Une sensation parfois de respiration accélérée ?

— Non.

— Pas de toux persistante ?

— Non plus.

— Vous êtes fumeur ?

— Non.

J'ai eu l'impression qu'il me dressait le catalogue de mes futurs symptômes. Il avait ouvert un dossier à mon nom et le renseignait méthodiquement, tel un fonctionnaire zélé. Une lumière de fin de journée éclairait son visage. Avec son front déjà dégarni, ses petites lunettes rondes posées sur l'arête de son nez, il avait un côté carabin qui me rappelait ma visite d'incorporation au service militaire.

Ce jour-là, j'aurais signé pour que l'on me trouve n'importe quelle affection ou anomalie qui m'aurait évité ce temps mort. Au lieu de cela, j'avais eu droit aux douze mois réglementaires à bord d'une frégate, de l'autre côté de la rade, à l'arsenal maritime de Toulon. Douze mois à tuer le temps en tirant sur un tabac de troupe, entre deux ordres imbéciles d'un quartier-maître-chef. Douze mois ponctués de corvées ineptes qui n'avaient pour finalité que de former l'esprit, au mieux à un vagabondage, au pire à un abêtissement.

Au bout du questionnaire, le carabin a levé les yeux sur moi.

— Je vous explique la procédure, monsieur Lorenzi. Je vais envoyer les premiers éléments de votre dossier à la CRAM. De votre côté, vous allez faire auprès d'eux une demande de maladie professionnelle. Ensuite, vous serez convoqué devant un médecin-expert qui fixera le taux de votre indemnisation. Ce taux pourra être réactualisé selon l'évolution de votre maladie.

Il m'a tendu une ordonnance.

— Tenez ! Vous faites un scanner. Ça nous donnera une idée plus précise. On part sur un cycle de surveillance tous les six mois. Donc on se revoit, passé ce délai.

— Excusez-moi !

— Oui.

— Vous avez parlé d'évolution possible…

— On ne peut pas la prédire. Pour l'instant, vous avez une inflammation des tissus. Ça peut rester dans un état stationnaire longtemps.

— Et sinon ?

Il a eu un haussement d'épaules.

— Sinon. Plaques pleurales, cancer du poumon, mésothéliome… Mais pas d'inquiétude, vous êtes loin de tout ça à l'heure où on parle.

Je n'ai pas répondu. Nous n'avions peut-être pas la même notion du proche et du lointain. Dans son dos, sur un meuble bas, il y avait une pile de dossiers qui ressemblaient au mien. J'ai compris que je n'étais pas le premier à passer par son cabinet pour le même motif.

Il s'est levé, une main tendue vers moi. Je l'ai imité.

— Je peux vous poser une dernière question ?

— Bien entendu.

— Nous sommes nombreux… je veux dire, à être dans mon cas ?

— Nous sommes plusieurs médecins-conseils à nous répartir le suivi des anciens ouvriers comme vous.

— Je sais. Ce n'est pas ce que je vous demandais.

— J'avais compris. Vous êtes loin d'être un cas isolé, si c'est ça que vous vouliez savoir.

Janvier 1994. Nous sommes réunis à nouveau pour la première fois depuis la fermeture des Chantiers, à l'initiative de Barbe. Seul Cochise demeure ce grand absent que nous n'évoquons plus. Tous désormais asbestosés à des degrés divers. Barbe est le plus atteint d'entre nous. Il se plaint d'essoufflements et de toux récurrentes. Mangefer confie être gagné plus rapidement qu'autrefois par la fatigue. Elle est toujours sur mes talons, dit-il de façon imagée. Filoche et moi ne ressentons pour l'instant qu'une gêne respiratoire passagère, nos forces préservées.

Filoche a trouvé un travail de matelassier dans une petite unité d'habillement de bateaux de plaisance. On se moque gentiment de la raison sociale de l'entreprise. Filoche en sourit. Il dit qu'il fait dans le luxe après avoir roulé pendant vingt ans sur le corps des machines. Mangefer occupe un emploi de menuisier dans une entreprise familiale qui fabrique des meubles sur mesure. Il ne s'en plaint pas, mais n'est pas disert sur sa nouvelle situation. Barbe, lui, s'est installé à son compte, en association avec un autre ancien des Chantiers, et propose des travaux de plomberie. Il s'inquiète de savoir si sa santé va lui permettre de continuer son activité. Pour ma part, je poursuis mon travail d'encadreur à temps partiel au Passe-partout. Sous l'enseigne, il est écrit : *Tous travaux d'encadrement. Qualité et personnalisation.* Cela me va comme un gant.

Circule entre nos mains un rapport à l'en-tête du Centre international de recherche sur le cancer, que Barbe s'est procuré auprès du syndicat, réactivé pour la circonstance. Nous en prenons connaissance silencieusement. En quelques pages, tout est clairement exposé : l'amiante, son exploitation, son utilisation, sa dangerosité, ses maladies, sa latence. Il est daté du 17 octobre 1977. Pratiquement dix ans, jour pour jour, avant la liquidation de NORMED. La date ressemble à celle d'une condamnation qui ne dit pas son nom. Je prends le temps de relire la dernière phrase, en caractères gras, qui tient lieu de conclusion : *Depuis cette date au moins, on sait que l'amiante est un cancérogène certain pour l'homme.*

Je relève la tête. Je regarde un à un mes camarades. Je vois leurs fronts bas, leurs sourcils froncés, leurs veines bleutées qui enflent sous leur peau tannée. Leur visage a pris l'apparence de la dureté, comme si on y avait coupé le nerf de toute joie. Je sais qu'à cet instant je leur ressemble comme deux gouttes d'eau. Un long moment, nous partageons la même sidération, privés de réaction, les membres inertes, le corps raide, l'esprit tourneboulé. Puis Barbe rompt le silence. Il dit : Leur faute est inexcusable. Ses mots gonflent comme une voile dans ma tête. Je répète intérieurement : inexcusable, inexcusable, faute, faute inexcusable. De quelle faute parle-t-il ? De qui est cette faute ? Je ne saurais le dire. Mais je sens que Barbe vient de viser juste. J'ai la sensation que mes camarades partagent le même soliloque. La colère est là qui affleure derrière l'émotion, et nous prend de court. Pour l'heure, nous pointons du doigt des coupables sans visage. Nous ne connaissons ni motif ni raison à ce qu'ils nous ont fait. Nous entrons à peine dans le cauchemar.

En rentrant, j'écris dans mon carnet :

Maintenant, je sais. La fin des Chantiers n'a pas encore eu lieu. Ni leur liquidation, ni leurs cales asséchées, ni le démantèlement de leurs outils, ni leur pont levant affaissé, ni mes camarades dispersés, ni l'éloignement de Cochise, ni la mort de mon père, ni même la disparition de *La Zaca* n'ont eu raison de leur histoire. Elle ne s'achèvera qu'à la fin de notre contamination. Qu'après nous.

Au printemps de cette année-là, j'ai reçu une lettre de Louise, la première depuis bientôt deux ans. Une feuille de cahier d'écolier recto verso, avec un dessin au fusain représentant une bâtisse en pierre, surmontée d'un toit en carène de bateau, et un paysage forestier à l'arrière-plan. Ça ressemblait à une carte postale de gîte rural.

Louise racontait qu'elle s'était déplacée vers le nord, en Lozère, non loin de Mende. Elle avait acheté un lopin de terre, qu'elle fertilisait. Elle faisait son pain, cultivait un hectare de vigne. Un grenache, disait-elle. J'espère en tirer quelques bouteilles à la coopérative au prochain automne. Elle parlait des nuits sous les étoiles filantes, de la clarté du ciel les jours de beau temps, des saisons que les floraisons annoncent. Le climat est plus rude parfois, ajoutait-elle, mais nous le préférons. Elle justifiait ce nous quelques lignes plus bas. Une Annie apparaissait au détour d'une phrase, sans autre précision. Tu pourrais venir nous rendre visite l'été prochain, avançait-elle prudemment. Tout semblait idéalement lui aller.

J'ai pensé à Pablo Neruda, à cette vie simple que sa poésie magnifiait. C'est elle qui me l'avait fait découvrir. À notre deuxième rendez-vous, elle était arrivée les larmes aux yeux. Elle m'avait embrassé, et elle avait dit : Ils l'ont tué. Je ne savais pas de qui elle parlait, vers qui allait sa peine, avant qu'elle ne m'apprenne l'existence et l'engagement du poète chilien. Elle avait tiré un livre de son sac de plage, et je l'avais écoutée lire *L'Homme invisible*, le poème qui ouvrait le recueil. C'était limpide. Pour la première fois je comprenais quelque chose à la poésie.

Cette année-là, septembre fut aussi sombre à Santiago qu'il fut lumineux à Balaguier. Le soir, nous rentrions de promenade et suivions l'évolution des événements chiliens sur la première chaîne de l'ORTF. Pendant que le palais de la Moneda brûlait, les Chantiers hurlaient dans la ville qu'ils étaient indestructibles. Comment peux-tu sembler aussi détaché ? me disait Louise. Le monde n'est pas une roue géante dans laquelle tourner innocemment.

À la fin de sa lettre, elle me demandait de mes nouvelles, de celles du chat. Qu'aurais-je pu lui raconter ? L'amiante, la ville en stand-by, la mort d'Apollinaire l'automne précédent, endormi comme un gros chandail mis en boule, sur le fauteuil où je l'avais laissé le matin même ? À quoi cela aurait-il servi ? J'aurais eu l'impression de zébrer sa vie d'éclairs inutiles.

— C'est Mona, j'ai entendu à l'autre bout du fil.
Puis un silence. Et :
— Lino est mort.
Et à nouveau un silence.
J'ai fermé les yeux un instant.
— C'est arrivé quand ? j'ai demandé.
— Hier.
J'ai compris aussitôt.
— L'amiante, j'ai dit du bout des lèvres.
— Oui. Une saloperie.
Le mot a raclé au fond de sa gorge comme un chat
qui ne voulait pas sortir.
— Une vraie saloperie, elle a répété.
— C'est arrivé comme ça, d'un coup ?
— Non. Il était déjà malade quand tu es venu nous
voir. C'était quand ? L'année dernière ?
— L'année d'avant.
— Excuse-moi, je perds la notion du temps. Il ne
voulait pas voir de médecin, mais ça allait encore à ce
moment-là. Les travaux de forge c'était devenu trop
dur, alors il s'occupait comme il pouvait. Des bêtes,
du potager, des quelques arbres fruitiers qu'on a, dans
le pré, derrière la maison. Et puis cet hiver, tout s'est

122

déglingué. Il était essoufflé au moindre effort. Il ne pouvait plus rien faire. Ça le torturait. Il restait au coin du feu à tousser comme un tuberculeux. Son visage, son cou, ses bras avaient enflé. Comme si le sang ne circulait plus que là. Et puis il avait mal. Des douleurs à la poitrine. Elles le réveillaient la nuit. Il disait qu'une hyène était en train de le bouffer de l'intérieur. Quand ils lui ont dit que c'était un mésothéliome, il m'a dit : Je suis foutu. Liquidé comme les Chantiers. Ils ont voulu l'hospitaliser, mais il a refusé. C'était sa décision. Je l'ai acceptée. Il est mort ici, à la Bergerie. Tu l'aurais vu, il faisait tellement d'ascite les derniers jours que son ventre avait doublé de volume.

Elle s'est interrompue, comme si elle avait besoin de reprendre son souffle après un marathon éprouvant.

— Tu sais, François, je voulais que tu saches… Il s'en voulait de vous avoir tous laissés tomber à la fin des Chantiers. Toute cette lutte, ces actions que vous avez menées, il n'y croyait pas. C'était insurmontable pour lui. Et en même temps, il culpabilisait… Mais je ne veux pas que tu croies qu'il s'en foutait.

— Je ne l'ai jamais cru, Mona.

J'ai senti comme un soulagement à l'autre bout de l'appareil.

— Quand tu es venu nous voir, il avait décidé de t'en parler. Et puis, tu le connais, il ne l'a pas fait.

— On a tous des choses qu'on laisse en chemin, tu sais.

— C'est vrai, François, tu as raison. Tant de choses…

Il y a eu un dernier silence de sa part.

— On l'enterre jeudi au cimetière communal.

— Tu peux compter sur moi.

Sa voix a traîné encore dans mon oreille plusieurs minutes. Même en la circonstance, je la trouvais

123

toujours aussi envoûtante. Je me suis rappelé que mon père lui avait dit un jour qu'elle aurait pu chanter du *bel canto* avec une voix pareille. Elle avait éclaté de rire en le remerciant du compliment.

Dans la soirée, j'ai appelé les camarades. Barbe est resté abasourdi, incapable de la moindre réaction, on aurait dit qu'il découvrait la réalité de la maladie. Filoche, lui, s'est mis à chialer doucement. Je me suis senti comme une grande personne désemparée face à un chagrin d'enfant. Seul Mangefer a exprimé un sentiment mêlé de tristesse et d'indignation. Comme si je lui apprenais une injustice.

Le lendemain, au moment de la fermeture du caveau, nous avons jeté, chacun à notre tour, un œillet rouge sur le cercueil. Mangefer s'est avancé, les yeux secs de colère. Il a murmuré : On te vengera, Cochise, tu peux compter sur nous. À la fin de l'inhumation, Mona nous a embrassés, avant de se retirer, solitaire. Je l'ai suivie du regard jusqu'à ce qu'elle disparaisse derrière le mur d'enceinte du cimetière. Le noir l'habillait merveilleusement. Son charme était confondant. On aurait dit une madone, un jour de deuil, sous le soleil de Sicile. J'ai pensé à Cochise, à la douleur ineffable qui avait dû être la sienne à l'instant de fermer les yeux sur elle.

Mangefer m'avait prévenu. Le type te laisse la désagréable impression qu'il te fait l'aumône. Ça n'avait pas loupé. Il avait généreusement fixé à quinze pour cent mon taux d'Incapacité permanente. Rien n'entrave pour l'instant véritablement votre quotidien, monsieur Lorenzi. Mais j'ai tenu compte de l'anxiété que cela peut générer chez vous. C'est une sorte de crédit malheur sur l'avenir que vous m'octroyez, si je comprends bien, avais-je dit. Pour toute réponse, il m'avait jeté un regard dont je n'avais pas su apprécier s'il relevait de la charité ou du mépris. Ou des deux.

Le bonhomme n'avait rien de mon carabin habituel. Blouse blanche boutonnée, nœud de cravate parfaitement ajusté, il ressemblait davantage à un fonctionnaire zélé qu'à un médecin. Il m'avait accueilli sans amabilité. Une véritable porte de prison, aurait dit ma mère. Il était là pour évaluer, et rien d'autre. Il avait pris connaissance de mon dossier médical, puis m'avait soumis à un questionnaire des plus complets qui était apparu très vite comme l'outil privilégié de son entreprise. Il alternait questions ouvertes et fermées, selon un protocole bien établi. Ainsi, concernant ma nouvelle activité d'encadreur, avait-il voulu

connaître précisément la durée de travail hebdomadaire, l'environnement dans lequel j'exerçais
mon activité. Si j'utilisais des colles et des solvants,
d'autres produits irritants dont j'aurais à me protéger,
le degré de pénibilité de la tâche, les astreintes éven-
tuelles auxquelles me soumettait mon employeur.

— Vous voulez savoir si ce travail m'essouffle ou
si je suis fatigué à la fin de la journée ?

— Je veux savoir si vous avez une fatigue anormale, oui.

— Pas plus qu'avec un autre boulot… Vous savez,
je n'avais pas de fatigue anormale quand je travaillais
aux Chantiers, et pourtant…

Il n'avait pas relevé. L'homme avait la certitude de
l'expert et le rythme du métronome. Il n'y avait pas de
case à cocher face à ma réponse. Il progressait méthodiquement dans l'élaboration de son diagnostic, tout
en vous laissant croire que vous étiez au final l'acteur
principal de votre propre évaluation.

Il me faisait penser à ces analystes qui étaient venus,
un temps, aux Chantiers pour nous aider à évaluer la
valeur de notre travail. Une méthode importée des
États-Unis, qui avait germé au début des années 1980
dans la tête de la direction pour réduire les coûts,
tout en améliorant la qualité. Ils arrivaient à quatre
ou cinq, col blanc et veste kaki. Ils nous réunissaient
par métiers ou par ateliers. On faisait cercle autour de
grandes tables, et on discutait. Eux appelaient ça « ver-
baliser ». On racontait ce qu'on faisait tous les jours
sans, paraît-il, nous en rendre compte. Ils disaient
qu'on devait « conscientiser la tâche ». Puis ils nous
demandaient d'imaginer comment on pouvait amé-
liorer l'efficacité et le rendement de notre travail. Ils
noircissaient des tableaux papier, empilaient des mots,

des sigles, des acronymes, les reliaient par des flèches ou des symboles. Puis ils ramassaient nos paroles dans des « boîtes à idées » qu'ils remettaient chaque semaine, tels des trésors de bon sens, à la direction. Qu'en faisait-elle ? Nous ne l'avons jamais su, ni n'avons constaté le moindre changement dans l'organisation de notre travail. Cela avait duré quelques mois, puis on n'en avait plus entendu parler. Volatilisés, tels des extraterrestres venus un temps jouer les messies avant de retourner d'où ils arrivaient. Les Chantiers en avaient été quittes pour une dépense somptuaire de plusieurs centaines de milliers de francs, histoire de se donner l'illusion qu'il y avait encore quelque chose à sauver.

J'avais quitté le cabinet du médecin avec l'idée que la reconnaissance de cette faute inexcusable qu'énonçait Barbe n'irait pas de soi. Comme si, dans une vieille antienne à laquelle nous avions maintes fois été confrontés par le passé, dans ce scandale naissant, nos responsabilités ouvrières pouvaient nous être une nouvelle fois imputées. Ou pour le moins partagées avec les leurs – eux que je ne savais toujours pas nommer.

Au début de l'année 1995, on a commencé à compter nos morts. Comme des mômes sur leurs doigts dépliant innocemment l'éventail du malheur. On évoquait le cancer de l'un, la pleurésie d'un autre, le mésothéliome du dernier qu'on avait enterré, l'asbestose du plus grand nombre. L'évolution de nos symptômes, la courbe clinique de nos examens nous rendaient irritables. Ceux qui n'étaient pas touchés se demandaient combien de temps encore ils seraient épargnés. Ils fouillaient leur mémoire, déroulaient leurs années de travail, passaient au peigne fin les lieux d'exposition à la fibre. Ils devenaient leurs propres investigateurs, conduisaient des enquêtes sur eux-mêmes, mais ne trouvaient rien à se mettre sous la dent : ni preuves, ni mobiles. Ils ressemblaient à des miraculés qui n'avaient jamais cru au divin mais cherchaient des réponses en levant les yeux. Tous, atteints ou pas par la maladie, nous rentrions dans ce temps d'anxiété que désormais nous n'allions plus quitter.

Il faut dire que la dame blanche n'avait rien d'une compagne ordinaire. Elle ne pénétrait pas simplement les corps, elle prenait possession des vies. Il ne se passait pas un jour sans qu'elle vous rappelât à son souvenir. On ne la voyait plus, on ne la respirait plus, sa poudre ne retombait plus en pluie au-dessus de nos têtes, mais son invisibilité rendait encore plus pesante sa présence. Elle était devenue la part malsaine de nos êtres. Elle engorgeait nos bronches, envahissait nos alvéoles pulmonaires, épaississait notre plèvre. De notre respiration, elle faisait son instrument, sorte d'aérophone dont elle jouait à sa guise. Nous soufflions à son rythme, toussions sous son contrôle, raclions nos gorges à sa volonté. Nous ne savions rien de ce qu'elle nous promettait – le savait-elle davantage ? Elle cheminait en nous comme une bête désorientée, allait où se nourrir, s'arrêtait où se multiplier, dévorait à sa faim, tuait quand elle le décidait. Et si elle finissait par s'endormir, laissait nos mécaniques biologiques en sous-régime, tels des moteurs usés que plus rien ne pourrait faire revenir à leur état d'origine.

Nous restions sous contrôle : les insuffisances respiratoires de Barbe auscultées à la loupe, les plaques pleurales de Mangefer surveillées comme le lait sur le feu, les images de mes alvéoles pulmonaires scrutées sous la résonance magnétique. J'avais revu le carabin à plusieurs reprises. Le bilan demeurait stationnaire. Chaque fois, j'avais l'impression d'être un de ces corps de fonte pour lesquels je mesurais régulièrement, du temps des Chantiers, l'évolution des constantes dans la Machine.

Depuis la mort de Cochise, la fibre avait retissé des liens entre nous. On se rencontrait chaque semaine. Le besoin de se retrouver était bien plus grand que la nécessité. Quelque chose à combler sur lequel nous ne savions mettre des mots ? Un retard à rattraper ? Peut-être plus sûrement un terrain que nous avions laissé en jachère, et que nous souhaitions à nouveau culti-ver. L'amitié était sans doute le nom qui le qualifiait le mieux. Quand l'un de nous devait manquer à l'appel, il prévenait aussitôt. Si le silence se prolongeait, nous allions aux nouvelles.

De la fin tragique de notre camarade, nous ne parlions jamais, pas plus qu'autrefois nous ne l'avions fait de son départ. Chacun de nous avait gardé en mémoire la vision de Cochise avant la fermeture du cercueil et la pose des scellés, dans cette chambre funéraire où la peine nous corsetait : cheveux raides sur sa figure creuse, teint cireux, paupières closes, lèvres comme couturées, mus-cles que l'on devinait mollasses sous ses vêtements de défunt, toutes forces éteintes, lui à peine reconnaissable.

Peut-être était-ce cette image à jamais fixée dans un coin de notre tête qui nous rendait paradoxalement moins vulnérables ? Nous nous sentions compagnons d'une même tragédie, déterminés à marcher du même pas, main dans la main, pour gagner la reconnaissance qu'on nous devait. Non pas celle qu'on nous promettait en espèces sonnantes et trébuchantes au fil des rendez-vous administratifs et médicaux. Mais celle que Barbe avait si justement qualifiée de « faute inexcusable » de la part de ceux qui nous avaient volontairement main-tenus dans l'ignorance.

Nous n'étions pas les seuls à la réclamer.

À partir du printemps suivant, j'ai travaillé à temps plein au Passe-partout. J'arrivais après l'ouverture. Il y avait une entrée, côté ville, qui donnait directement dans l'atelier. Je l'empruntais pour me dérober au regard des clients. Je restais bien après la fermeture. Derrière la cloison, les bruits du magasin s'éteignaient doucement. J'en profitais pour récupérer les dernières commandes et avancer la tâche pour le lendemain.

Dix ans après la fermeture des Chantiers, l'amiante omniprésente dans ma vie, je ressentais le besoin de retrouver l'exercice quotidien d'un travail, de m'occuper les mains et l'esprit, la gestuelle de l'un dans le prolongement de l'autre, et *vice versa*. Dans quel ordre ? Je n'ai jamais su. Il y avait quelque chose du mystère de l'œuf et la poule. L'Horloger à ce sujet avait une théorie. Il disait que sa main, plus experte, pensait toujours la première, avant d'être rattrapée par sa tête. Puis les deux pactisaient et finissaient par cheminer en bonne intelligence. Mon père ne devait pas penser autrement lorsqu'il ajustait au micron ses queues-d'aronde. Je l'observais, à son insu, le bout de la lime entre l'index et le pouce de la main gauche, le manche tenu fermement de l'autre. Son geste souple et assuré allait et venait sur la pièce, le trait croisé s'imprimait peu à peu dans l'acier, une fine limaille pailletait ses doigts. C'était son regard qui me fascinait le plus. L'œil grand ouvert, la pupille arrondie derrière ses demi-lunes. Il me faisait penser à celui, perçant, d'un aigle que rien n'aurait pu détourner de la proie qu'il convoitait. J'imaginais dans sa tête une mécanique cérébrale, entre concentration et réflexion, propre à ajuster parfaitement le geste au résultat qu'il voulait obtenir. Lui et l'Horloger étaient de la même veine. Opiniâtres et perfectionnistes. Tels des orpailleurs à la recherche du ciel étoilé. Jamais je n'ai autant admiré ces hommes que dans la tension de ces exercices auxquels ils donnaient le privilège d'assister.

Au Passe-partout, j'avais pris mes aises. Je jonglais avec les cartons, papiers contrecollés, moulures, baguettes en tout genre. Je réglais à ma main équerres, gabarits d'angle, tire-lignes, serre-joints, chasse-clous, pavés de lissage. Peu à peu les techniques d'encadrement me dévoilaient leurs secrets. Leurs noms déroulaient une guirlande infinie : accolade, angle ajouré, biseau anglais, biseau concave, damier, drapé, frise ajourée, pans coupés, plissé interrompu, vis-à-vis... Ils me faisaient penser à ceux, évocateurs, d'arrêts de tram ou de métro.

Jeanne était la patronne du Passe-partout. Divorcée, la cinquantaine, elle portait à merveille tailleur et escarpins. Elle tenait sa cigarette avec la même désinvolture que Louise, mais la comparaison s'arrêtait là. Elle me témoignait bien davantage que de la sympathie. Certains jours, la promesse était à peine voilée. Je ne savais pas quelle attitude adopter pour ne pas la

132

blesser. Je la trouvais attirante, mais mon désir, lui, avait filé avec le départ de Louise.

Un soir, peut-être par remords – je n'en fus pas fier –, j'acceptai de prendre un verre avec elle dans un des bars, le long du front de mer, après la baie de Balaguier. Ce soir-là n'était pas un soir ordinaire. Jacques Chirac venait d'être élu président de la République après deux septennats de François Mitterrand. La liesse ressemblait à celle commune à chaque victoire, la même foule exubérante. Et pourtant, elle ne m'évoquait rien de connu. Que pouvait-elle d'ailleurs avoir de semblable avec celle que j'avais vécue quatorze ans plus tôt avec Louise ? Quand l'espérance et l'insouciance nous tiraient par la main comme des bienheureux, les Chantiers encore debout. Même la nouvelle de la mort de Bob Marley, le lendemain, n'avait en rien brisé l'élan de Louise. *Get up, stand up*, avait-elle chanté toute une semaine, pendant que *Burnin'* des Wailers tournait sur la platine.

Au premier tour, seul Barbe avait voté, par fidélité au parti communiste. Filoche, lui, avait tu sa tendance extrémiste en se réfugiant dans un vote blanc ; la mémoire de Cochise n'y était sans doute pas étrangère. Mangefer était « allé à la pêche », selon son expression favorite. Quant à moi, j'étais descendu du tourniquet démocratique depuis déjà longtemps. Jeanne s'était gardée de me faire partager ses orientations politiques. Elle n'était pas là pour ça. Elle avait mis de l'ordre dans ses cheveux, un peu plus de noir sur ses yeux. Son regard pétillait. Le mien était ailleurs. Je m'en voulais d'avoir consenti à pareil rendez-vous. De lui laisser croire ce qui n'existait pas. Quatorze ans plus tard, cela ressemblait à une défaite des sentiments. Et elle n'y était pour rien.

Elle avait bien tenté de donner le change… Le magasin qu'elle tenait à bout de bras, la ville qui changeait à vue d'œil, l'an 2000 qui approchait à grands pas. La conversation avait même glissé sur les Chantiers, où son ex-mari avait un temps travaillé. Vous cherchez à oublier, avait-elle avancé prudemment. Non, je cherche à comprendre, avais-je répondu, évasif. Comprendre quoi ? La fin d'un monde ? Le tournant d'une histoire ? La perte des aimés ? J'étais bien incapable de le formuler en termes clairs. Seule l'amiante me restait sur les bras, bien vivante, dans les décombres de tout cela, son fardeau si lourd, ses dégâts autour de moi si nombreux, qu'il faudrait bien tôt ou tard que j'en fasse quelque chose.

La foule dispersée, j'avais raccompagné Jeanne jusqu'à son domicile. Avant de sortir de la voiture, elle m'avait embrassé furtivement au coin des lèvres. Il y avait dans son regard une légère déception. Mais elle se tenait trop droite pour en laisser paraître davantage. J'avais pensé à toutes ces solitudes qui finissent par trouver un terrain d'entente. La mienne n'avait pas le même fond. Elle sonnait à la manière d'un solo de Stan Getz quand il soufflait la saudade dans son cornet. En rentrant, j'avais mis sur la platine le dernier disque que le saxophoniste avait gravé en compagnie de Kenny Barron avant de mourir. Je m'étais allongé sur le sofa, à la place où Apollinaire s'endormait parfois. Je savais que là je finirais par trouver le sommeil.

Le lendemain, Jeanne était venue me voir dans l'atelier, après la fermeture. Elle voulait que je sache que ma collaboration lui était précieuse. Craignait-elle un départ précipité de ma part ? J'aimerais bien que vous restiez le plus longtemps possible avec nous, avait-elle dit. Mais vous déciderez. Je lui avais répondu que je n'avais aucune intention de quitter le Passe-partout. Son regard avait exprimé un immense soulagement. Elle m'avait remercié en m'embrassant à nouveau, cette fois sur la joue. Mais de la soirée, pas un mot : le trait dessus tiré une fois pour toutes.

Combien sommes-nous ce matin-là réunis à la Bourse du travail, à Marseille ? Quatre cents, cinq cents, davantage ? Debout, assis, accroupis, adossés aux murs, nous patientons. Nul brouhaha ne perce. Encore moins d'effusion. À peine un murmure trahit-il une sage impatience. De temps à autre, nous tournons nos têtes, furtivement, qui à droite, qui à gauche, les penchons de la même manière, regardons par-dessus nos épaules, les visages d'à côté, ceux de devant, de derrière, ceux là-bas, quelques rangs plus loin, ou faisant bordure le long de la salle. Que cherchons-nous ? Des similitudes ? Des signes de reconnaissance ? Une façon d'être qui vaudrait marque de fabrique ? Rien ne transparaît. Sinon notre attente. D'où venons-nous ? De Toulon, de La Seyne-sur-Mer, de La Ciotat, de Marseille, de Fos-sur-Mer, de Dunkerque, de Saint-Nazaire, de Brest, d'ici et d'ailleurs, du proche et du lointain... Et nos origines, qu'en est-il ? Chantiers navals, usines d'exploitation, entreprises de transformation, boîtes sous-traitantes... Nos conditions ? Actifs, inactifs, chômeurs... Quelques jours plus tôt, Barbe, nous annonçant cette réunion, a tracé d'un geste ample les contours d'un territoire qui paraissait englober une multitude. Étions-nous si nombreux à être contaminés par la fibre ?

L'homme à la tribune ne paie pas de mine. Il ressemble à l'un d'entre nous, attifé de son pull de laine, sa casquette posée devant lui. Il a retroussé ses manches comme s'il s'apprêtait à dresser un mur ou à charpenter une poutre. Il se présente sobrement. Il est chimiste. Chercheur à l'université de Jussieu, à Paris. L'amiante, il la connaît comme sa poche, depuis le temps qu'elle tombe en poussière du plafond de son laboratoire. D'emblée, il taille dans le vif du sujet. Dit la toxicité de la fibre, ses dangers, cette saignée qu'elle ouvre dans les poumons infectés, sa manière crasse de tenir en joue pendant des années ceux qui ont croisé son chemin, ce coup du sort qui tombe sur celui-là plutôt que cet autre, comme dans un jeu machiavélique de roulette russe. Tout cela su depuis des décennies, étalé au grand jour comme un linge souillé. Il rappelle ces millions de tonnes qui ont envahi notre environnement, l'amiante partout chez elle comme en pays conquis : lieux de travail, d'habitation, outils, matériaux, objets les plus courants. Il parle de ces travailleurs de la fibre, depuis tant de générations, malades aujourd'hui par milliers, demain encore plus nombreux, leur hécatombe programmée. Il raconte Amisol, en 1976, ses femmes fantassins de la mort, tombées comme des mouches. Eternit, ses usines de transformation, ses ouvriers condamnés, leurs poumons entravés. Canari, en Corse, sa mine à ciel ouvert, exploitée sans vergogne jusqu'en 1965, tel un filon aurifère, ses roches, sa végétation alentour saupoudrées comme de sucre glace. Gerardmer au cœur des Vosges, son lycée technique, ses professeurs cancéreux, leur plèvre

137

décollée comme murs délabrés. Il dénonce le CPA, le Comité permanent amiante créé de toutes pièces par l'industrie de l'amiante, qui s'était donné pour mission, ces treize dernières années, l'usage contrôlé de la fibre. Ce formidable éteignoir des oppositions. Au bout de son réquisitoire, il affirme l'urgence de l'interdiction de l'amiante, l'inexcusable faute de ceux qui l'ont volontairement retardée, l'impérieuse nécessité de former une association pour crier le scandale. Celui du mensonge et de notre contamination.

Un long moment après son intervention, nous restons silencieux. Comme frappés de stupeur, le coup porté à l'estomac, la respiration coupée. Incapables de réaction. Nous nous observons, mais cette fois, ce n'est plus du coin de l'œil, nos visages tendus, nos mains froissées, nos souffles courts. Puis quelqu'un se lève, dans les premiers rangs. Je vois ses épaules bouger comme s'il les secouait. Il demande pourquoi le CPA n'a jamais pensé à interdire l'amiante. À la tribune, notre chercheur se penche vers nous sur le ton de la confidence. Je vous retourne la question. Pourquoi le CPA aurait-il interdit l'amiante ? Vous avez vu sa composition ? Allons, soyons sérieux ! Le CPA était un lobby composé en partie d'exploitants de l'amiante. D'eux, on ne pouvait rien attendre. Le problème, ce sont les autres, la caution coupable qu'ils ont apportée pendant treize ans à cette idée d'usage contrôlé : les scientifiques, les représentants du ministère du Travail, la direction de l'Institut national de recherche et de sécurité, les syndicats.

L'interlocuteur se rassoit, pris à la gorge par l'évidence comme chacun d'entre nous. Je regarde mes camarades. Filoche blanc comme un linge. Mangefer mâchoires serrées. Barbe triturant son visage d'une main fébrile. Pendant quelques instants me revient l'image de Cochise devant sa forge éteinte. Sa figure glabre, sa poitrine prise par une toux tenace, l'espérance folle qu'il avait de souffler le verre, tel un ténor sur sa scène. Le remue-ménage autour de moi me ramène à la réalité. Nous sortons de la salle dans un bruissement d'essaim. Dehors, le mistral de décembre soulève les cols de nos gabardines et de nos manteaux. Les bruits de la circulation du soir absorbent les paroles et les plaintes. Nous finissons de nous disperser par poignées de colère. Mes camarades et moi remontons l'avenue vers la gare où attend notre train du retour. À nous voir ainsi, forçant le pas, bras flottants, luttant face au vent, on croirait une troupe d'éclopés, bons à rien, baissant les bras au terme d'une campagne éprouvante. Mais l'apparence est trompeuse. Nul besoin de nous concerter. Nous avons désormais, ancrée au fond de nous, à l'image de ceux de cette assemblée avec laquelle nous faisons corps solidaire, cette détermination à dénoncer au grand jour le mensonge entretenu dont nous sommes les victimes au nom de la rentabilité.

Le 1er janvier 1997, la France décrétait :

… interdites, au titre de la protection des travailleurs, la fabrication, la transformation, la vente, l'importation, la mise sur le marché national et la cession à quelque titre que ce soit de toutes variétés de fibres d'amiante, que ces substances soient ou non incorporées dans des matériaux, produits ou dispositifs.

Le droit venait de parler. La décision n'était pas de moindre importance. Nous l'attendions. Et pourtant ! Pourquoi avions-nous ce sentiment diffus qu'elle ne nous concernait déjà plus ? Ou plutôt, qu'elle ne s'adressait pas directement à nous ? Qu'elle était prise pour un monde sans amiante ? Un monde auquel nous n'appartenions pas. Un monde qui s'apprêtait à faire de nous des laissés-pour-compte. Car nous étions du monde d'avant. De l'ancien temps, comme disaient nos pères. Nous étions du monde qui nous avait empoisonnés.

Notre colère ne retombait pas. Tout ce que nous avions entendu de la bouche du chimiste, à la Bourse du travail, la ravivait à la moindre étincelle.

Filoche était celui qui avait les accès les plus virulents. Il explosait sans prévenir, l'œil noir, le propos disproportionné, tel celui d'un désorienté, jetant des insultes à la figure de ces absents dont les noms résonnaient de l'ampleur du scandale : gouvernements successifs, direction des Chantiers, médecins du travail, syndicats, et bien sûr ce CPA de malheur. Mais surtout il culpabilisait. Ces matelas qu'il avait roulés pendant des années autour des collecteurs. Ces plaques qu'il avait coupées à même les parquets dans la Machine. Cette poussière qu'il avait fait voler au-dessus de nos têtes. Tout ce carnaval de la mort qu'il avait contribué à entretenir le rendait fou de désespoir. J'étais leur instrument ! criait-il. À chaque crise, nous avions beaucoup de mal à le ramener au calme. On le regardait s'épuiser de longues minutes dans un monologue insensé, puis, faute d'adversaire, retomber dans son apathie. Mangefer, lui, restait froid. Comme il l'était depuis la mort de Cochise. Il ne desserrait les dents que pour les montrer. Pour lui, nous devions traduire en justice tous ceux qui nous avaient conduits dans cet abîme. Il n'y avait pas d'autre manière de s'apaiser. Barbe, de son côté, avait quitté le syndicat. Il ne lui pardonnait pas sa participation au CPA. Il était le seul à demeurer lucide. Qu'aurions-nous fait si nous avions su ? Quand nous nous battions pour les Chantiers… Quand seule comptait leur sauvegarde… Comme lui, je pensais que la dangerosité de la fibre n'aurait pas fait le poids face aux cent trente ans d'histoire des Chantiers. On aurait mis des masques, des gants, des combinaisons spatiales s'il avait fallu. On aurait pris la prime. Une de plus ! Elle se serait ajoutée à celles que la direction nous versait déjà pour acheter, avec l'approbation du syndicat, les nuisances, les insalubrités, les risques. Les Chantiers étaient nos poumons, notre respiration, notre cœur. Le jour où leur sang est devenu vicié, leur santé dégradée, leur état irrémédiable, c'est notre propre corps, par contagion, qui s'est infecté. Leur maladie était la nôtre. Nous vivions une situation paradoxale. Nous étions à la fois le malade, et les visiteurs à son chevet. Nous nous regardions mourir, sans pouvoir arrêter la progression du mal. Nous luttions en pure perte. Quelque chose de plus grand que notre détermination nous tuait. Comme avant nous les charbonnages et la sidérurgie. Qu'auraient pesé l'amiante et ses dangers face à notre mort sociale ?

Louise avait raison. Nous étions aveuglés, pris à notre propre piège. Notre combat résonnait dans toute la ville, comme alors les bruits de notre travail. Nous étions la ville. Nous ne pouvions nous défiler. Baisser les bras aurait été une injure faite à nos pères. Dix ans plus tard, où en étions-nous ? Le site des Chantiers tentait une réhabilitation improbable. Les projets achoppaient les uns après les autres. Comme ce centre mondial de la mer dont le gigantisme tenait des temps de la construction des cathédrales. Sa reconversion semblait encore plus difficile que les nôtres. Nous regardions tout cela d'un œil distant. On se tenait au courant, comme nous l'aurions fait d'événements se déroulant loin de chez nous. C'était étrange d'en être arrivés là. Mais la réalité nous avait frappés d'insensibilité. Nous allions, figures déshéritées dans un monde où la plupart d'entre nous ne trouvaient plus leur place. Certains pourtant encore jeunes, mais plus aussi larges d'épaules, fatigués d'avoir cru à la richesse de leurs métiers, la majorité déjà trop âgée dans un marché de l'emploi qui attendait de ses commis la souplesse d'un contorsionniste.

Pour ma part, je n'avais pas à me plaindre. Le travail au Passe-partout me plaisait de plus en plus. Je découvrais de nouvelles techniques d'encadrement. Je maniais de mieux en mieux outils et matériaux. J'étais maître d'œuvre et réalisateur. Il y avait ce côté artisanal dont me parlait parfois Cochise comme d'un retour aux sources qui nous sauverait. Jeanne était toujours aussi agréable. Elle avait trouvé un compagnon qui la rendait encore plus attirante. Le soir en rentrant, je noircissais le carnet qui me tenait la main dans cette période si particulière de ma vie. Il me semblait que c'était dans ses pages que ma voix sonnait le plus juste. Là, je lui laissais libre cours. Parlant aussi bien de mes camarades que de moi, racontant Louise et nos plus belles années, ressuscitant mon père et l'Horloger, faisant renaître Cochise devant la baie de Balaguier, *La Zaca* toujours présente pour nous faire rêver. C'était à ce moment-là que les Chantiers reprenaient leur droit de cité. Eux qui avaient tant compté. Pris le meilleur de ma vie. Et me laissaient à présent cet héritage empoisonné.

Les années qui suivirent, le problème de l'amiante passa pour résolu. La fibre interdite, le CPA dissous, une page industrielle se tournait. La bête longtemps docile, devenue enragée, sa férocité révélée au grand jour, son élimination devenait nécessaire. La France se donnait quatre ans pour se débarrasser définitivement de son stock. Quitte à l'exporter vers des pays moins scrupuleux, proches ou lointains. Restaient ces millions de tonnes enserrées, incorporées, tissées, serties dans tous les corps qui les avaient recueillies – matériaux, bâtiments, revêtements, liquides, pâtes, poudres, produits minéraux, produits noirs, matières plastiques, matériels, équipements – et dont l'élimination prendrait le temps nécessaire, à la manière de sédiments. Restaient ces victimes par milliers, poitrines entravées, respirations saccadées, poumons décollés, pleurésies latentes, morts programmées. Celles à venir, rongées d'angoisse, leurs jours d'anxiété, leurs vies polluées. La roue de la loterie, sa course incontrôlable, son cliquetis funeste, allait continuer de tourner. L'amiante n'avait ni foi ni loi. Elle ne choisissait pas, elle s'invitait. Nous tombions sous son assaut, comme sur un champ de bataille que nous aurions quitté depuis

144

longtemps. Sauf que la guerre, elle, jouait franc-jeu. Elle annonçait son risque. Elle prélevait au petit malheur la chance sa quote-part de combattants. Une fois finie, elle médaillait ses survivants, les honorait, leur dressait monument, leur donnait pension à vie, réglait le sort des veuves. L'amiante, elle, avançait dissimulée, se faufilait en douce, jetait ses bombes à retardement, semait une terreur aveugle. Démasquée, voici qu'elle allait disparaître, nous promettait-on. En attendant, on soignait ses malades, on reconnaissait ses victimes, on les indemnisait. Que lui demander de plus ? Elle-même contestait être un fléau. Elle n'était qu'une conjoncture, une sale conjoncture certes, mais une conjoncture dont on avait tiré mille bénéfices. Aurait-on déjà oublié ses qualités ? Ce don naturel qu'elle avait offert à tous les exploitants ? Grande résistante aux hautes températures, aux acides et bases, aux chocs électriques, à l'usure, à l'abrasion, à la traction. Et, par-dessus tout, bonne fée acoustique. Pouvait-on l'incriminer pour cela ? Et à travers elle, ceux qui la produisaient, la développaient, l'utilisaient, la protégeaient comme joyau sur lequel veiller ? Ceux encore qui ne s'étaient pas résignés à la voir disparaître, au nom de toutes ses vertus ?

Après la rencontre avec le chimiste, nous avions tous adhéré à l'Association nationale de défense des victimes de l'amiante. Mangefer en était devenu un membre actif. Il avait retrouvé des camarades de Dunkerque, et cette dignité qu'il croyait avoir perdue. Il nous relayait l'actualité d'un combat qui avait repris le visage de la confidentialité. Les plaintes pour mise en danger d'autrui se succédaient. Le pôle de santé publique avait été saisi. Une juge nommée. Nous connaissions par cœur l'article 223-1 du Code pénal qui depuis 1992 punissait « le fait d'exposer directement autrui à un risque immédiat de mort ou de blessures de nature à entraîner une mutilation ou une infirmité permanente par la violation manifestement délibérée d'une obligation de prudence ou de sécurité ». Il était cette ligne au bout de laquelle nous tracions l'espérance d'un procès. Nous le voulions en tant que malades, mais plus encore comme victimes de ce mensonge criminel.

Et puis, il y avait cette période de 1981 à 1988 sur laquelle on ne cessait de se retourner avec les camarades. On était comme des enfants, sur leur oreiller, qui ne parviennent pas à trouver le sommeil. Ce temps qui aurait dû être commun, comme le programme qui l'annonçait, ce temps que l'on croyait couleur d'orange et qui vira au bleu lavasse. Ce temps où les Chantiers, et tant d'autres forteresses industrielles, s'écroulèrent comme châteaux de cartes. Ce temps-là nous restait en travers de la gorge. Passe encore qu'il fût celui de la perte de nos illusions. Après tout, nous nous étions juste laissé prendre au miroir aux alouettes ! Mais que ce temps fût celui qui nous protégea le moins des dangers de l'amiante, et, pire encore, le temps où ceux auxquels nous avions donné nos voix furent ceux-là mêmes qui laissèrent l'amiante poursuivre son œuvre mortifère – plante carnivore, avec comme unique tuteur le CPA, souteneur soucieux de la garder en vie aux bénéfices de ses exploitants –, ça, nous ne le digérions pas ! Ils n'avaient pas laissé contaminer seulement nos corps, mais aussi nos croyances et nos folles espérances. Nos idéaux étaient morts avec eux. Et le parti de l'abstention, qu'en majorité nous avions suivi depuis, était le fruit d'un désamour plus qu'une fuite. Même les élections présidentielles de

146

2002 et le tonnerre de leur premier tour nous laissèrent de marbre ; seul Barbe eut une semaine plus tard ce sursaut républicain que la raison réclamait. Mais pour la plupart, nous n'avions plus de fidélité à un idéal à respecter. Comme si l'avenir ne nous préoccupait plus. Comme si nous n'étions que passé. Vies à recoudre avec l'unique fil de nos histoires.

La mienne ressemblait de plus en plus à un voyage en solitaire. Mon appartement suffisait bien à en faire le tour. Souvent, à la tombée de la nuit, j'embarquais dans une traversée imaginaire. Je hissais les voiles auriques de *La Zaca*, et je naviguais dans les eaux du souvenir. Cochise tenait la barre, mes camarades jouaient des drisses, l'Horloger réglait le compas, mon père habillé en capitaine ajustait le cap, Louise à la proue scrutait l'horizon, et Mona, qui n'avait rien à envier à Rita Hayworth, se pendait, lascive, aux cordages comme une belle mystérieuse. Pendant que d'autres visages connus, voyageurs clandestins, sur lesquels j'étais incapable de mettre un nom, apparaissaient et disparaissaient sans que je sache comment. Migrants que la fin des Chantiers avait jetés à la mer.

La ville avait changé. Le port rendu à la plaisance, les quais aux touristes et à la restauration rapide. Les bruits de la circulation du soir avaient remplacé ceux des Chantiers. Nombre de ses habitants étaient partis s'installer en périphérie, dans des zones pavillonnaires pour les plus aisés, des cités pour les autres. Son cœur délogé comme un mauvais payeur. Ses rues passantes devenues traversières. Certaines de ses maisons abandonnées, portes barrées, volets cloués, dans l'attente d'une éventuelle réhabilitation. Même ma mère avait déménagé. Elle s'était résolue à aller vivre chez ma sœur, dans une de ces villas avec jardinet qui avaient poussé en mitoyenneté, collées telles des siamoises sur des parcelles serrées. Elle avait laissé derrière elle l'appartement qu'elle occupait avec mon père depuis leur mariage, une vie entière accrochée à ses murs. Au moment de le quitter, elle ne se souvenait même plus du nom du bailleur. Il devait être aussi vieux qu'elle, son loyer longtemps resté dérisoire. Mes parents n'avaient jamais voulu devenir propriétaires. Trop peur de manquer, comme on disait. De ne pas arriver à joindre les deux bouts. Une crainte irrationnelle qui tenait au souvenir des privations de la dernière guerre que les Trente Glorieuses n'avaient pas réussi à effacer.

Tôt le matin, je m'arrêtais prendre un café à la Régence. Puis je détournais mon chemin avant de rejoindre le Passe-partout. Je recherchais les ports d'attache que j'avais jadis fréquentés. Il n'y en avait plus guère ou je ne les reconnaissais pas. Il m'arrivait de douter de mon sens de l'orientation, comme si ma carte mentale n'était plus mise à jour. Alors, je m'accrochais aux repères : une ancienne inscription, un détail architectural, la couleur de volets peints, les numéros au-dessus des portes ou gravés sur les murs. Parfois, je m'enfonçais dans le quartier. Je reculais ma promenade dans des coins où je n'étais plus venu depuis un bail. Je relevais au hasard de mes pérégrinations ce qui n'était plus, ou avait déménagé, ou changé de raison sociale. Ici une mercerie transformée en laverie, là une cordonnerie en boutique de téléphonie, ailleurs une alimentation générale en agence bancaire. Je prenais des photos pour de faux. Je les confrontais à mes souvenirs. Je rappelais ceux qui me restaient, ceux que le temps n'avait pas encore amputés de leur charge affective. Comme au 18 de la rue Parmentier. Le trottoir plus large à cet endroit, le nom encore inscrit au-dessus de la façade, l'enseigne à néon restée intacte, les portraits en pied d'Hendrix et de Charlie Parker peints sur la vitrine, le local désormais vide, dans la profondeur duquel le regard se perdait.

À l'époque, pousser la porte de la Phonothèque, c'était entrer dans le monde d'Alex, le disquaire. Le type avait l'allure d'un Hells Angel qui aurait abandonné sa moto pour des rayons de vinyles. Le lieu était tapissé du sol au plafond de 33 tours rangés dans un ordre anarchique où il était le seul à se retrouver. On y naviguait à vue, en cherchant son chemin entre les rayonnages et les piles entassées. On pouvait farfouiller sans limites, ouvrir les pochettes, extraire les disques de leurs films protecteurs, lire toutes les pistes si on le souhaitait ; deux cabines, dans le fond, équipées de casques d'écoute, vous isolaient du reste du monde.

Le malheur arrivait si on recherchait quelque chose de précis. Là, soit la chance vous souriait, soit vous attendiez le secours d'Alex. L'homme n'était pas occupé, il était envahi. Mille choses le tenaient, et il pouvait discuter indéfiniment avec le visiteur, voire l'amateur, qui l'entretenait – il détestait le mot de « client ». Mais quand vous arriviez à l'attraper, il était une mine d'or dont la nature volubile et l'érudition vous emplissaient d'un bonheur simple. Aucun genre musical ne lui était étranger. Il avait l'oreille éclectique, même si le jazz et le rock avaient sa préférence.

Souvent Louise m'accompagnait. On passait des heures à l'écouter nous parler de hard bop, de free jazz, de jazz modal, de jazz-rock, de hard rock, de heavy metal ou de punk. Comparer le toucher de Thelonious Monk et de Bud Powell, les chorus d'Archie Shepp et de Wayne Shorter, les riffs de Jeff Beck, de Paul Kossoff ou de Jimmy Page, le jeu sur les peaux d'un Keith Moon et d'un John Bonham. Il aimait les *sidemen*, ces types capables de jouer de tout et de glisser leur instrument dans n'importe quel morceau. Il louait Bill Evans, Freddy Hubbard, Eric Clapton. Nous rentrions les bras chargés, les oreilles remplies de sons de cordes frappées ou pincées, de percussions rythmées, de basses saturées, de vibrations de dizaines de colonnes d'air. De quoi faire tourner la platine pendant des semaines…

Un jour, je lui avais amené mon père. Ils avaient discuté art lyrique un bout de temps. Mon père était estomaqué. Ce type avec ses cheveux qui lui tombaient sur les épaules, ses tatouages de gros bras, ses bagues tête de mort, en connaissait plus sur Verdi, Donizetti ou Bellini que tout ce qu'il avait lu sur eux jusqu'à présent. Il était reparti avec le dernier enregistrement de la Callas à Covent Garden, dans *Tosca*. On aurait dit un môme qui avait trouvé une perle dans une pêche miraculeuse.

Je n'ai jamais su à quelle date ni pour quelle raison la Phonothèque avait fermé. Je me souviens juste que l'automne balayait la ville d'un vent désagréable. On avait enterré Cochise au début de l'été. Je n'étais pas retourné à la boutique d'Alex depuis. En débouchant dans la rue, j'avais remarqué l'absence des bacs à disques sur le trottoir, devant la devanture, la porte du magasin fermée, habituellement grande ouverte. Avec simplement un écriteau « Fermeture définitive » suspendu à la poignée.

Je m'étais rendu compte alors que je ne connaissais rien d'Alex. Que je n'avais suivi, durant des années, que le sillon de ses disques, et le frottement suave de sa voix lorsqu'il en parlait, tel celui des balais sur une caisse claire. Que tout le reste n'avait jamais été à l'ordre du jour. Pas davantage nos vies respectives que leurs modes d'emploi. Même au plus fort de la lutte pour la sauvegarde des Chantiers, je crois que nous n'en avions jamais parlé une seule fois. La Phonothèque, les trésors qu'elle recelait, le son qui sortait de ses enceintes, suffisaient à nos échanges.

En entrant, je laissais sur le seuil les soubresauts et les affres de mon existence. Même après le départ de Louise, j'avais continué de m'y rendre. D'empiler les vinyles au pied de ma platine. C'était comme une de ces histoires dont on croit qu'elles n'auront jamais de fin, et que la grâce de leurs moments durera toute l'éternité. Alex était parti à son tour. À sa manière, il ressemblait à l'Horloger. Compagnon pour un temps et passeur pour toujours.

— Au fait ! Le doc m'a dit d'arrêter la clope. J'ai un cancer du larynx.

Barbe avait raccroché sans me laisser le temps de réagir. Je n'avais pas cherché à le rappeler. Je connaissais bien le bonhomme. Je savais qu'il avait choisi délibérément de me faire cet aveu en fin de conversation pour s'en débarrasser une fois pour toutes.

Le téléphone avait sonné un peu avant minuit. J'étais assis à ma table, devant mon carnet. J'avais pris l'habitude de l'ouvrir après dîner. Je ne m'attachais à rien de précis. Je notais ce qui me venait : un fait, une réflexion, une sensation, un souvenir que la journée avait laissé en dépôt dans mon esprit, tel un objet trouvé. Souvent je me perdais dans mes pensées, le stylo suspendu. Je voyageais avec elles. J'allais où elles me conduisaient. J'occupais mes nuits. Dormais peu, deux ou trois heures tout au plus. Je ne ressentais aucune fatigue supplémentaire. Je n'en avais simplement pas le besoin. L'horaire était plus inhabituel pour Barbe. Nous partagions la même insomnie, mais lui ne trouvait le sommeil que dans la première partie de la nuit. Il m'appelait de temps à autre, en dehors de nos rencontres avec les camarades. On évitait de parler de l'amiante. On se rappelait le passé, un peu trop sans doute. Celui des grands carénages, des montées en charge, des étés suffocants dans la Machine, des trois-huit. Celui des coups de gueule et des coups de sang, des apéros sur le pont des tankers. Celui de la libération des navires à l'ouverture des bassins, des fusées tirées depuis les remorqueurs, du soleil toujours haut dans notre souvenir. Celui de la solidarité. Celui qui nous arrangeait. Qui nous empêchait de tout jeter par-dessus bord. Qui d'autre aurait pu le faire pour nous ? Ou avec nous ? Nous n'attendions d'aide d'aucune sorte. Ni parole à libérer, ni soutien à nos consciences. Nous n'avions pas de thérapie à mener. Sinon celle de ne pas oublier d'où nous venions. La raison pour laquelle nous nous étions retrouvés chaque matin, au lever du jour, minuscules au pied de ces géants d'acier, dans le sillage de nos pères. Et dont, au bout du compte, nous restions fiers.

Quelques jours auparavant, nous avions appris la mise en examen de quatre membres du CPA pour homicides et blessures involontaires. Trois autres, dont celle du secrétaire permanent du Comité, allaient suivre à l'orée de l'année 2012. Elles succédaient à celles déjà prononcées à l'encontre d'anciens responsables des usines normandes de Condé-sur-Noireau et d'Eternit France. De l'autre côté de la frontière, l'Italie avait déjà condamné les siens depuis plusieurs mois. Le procès avait eu lieu à Turin, à deux pas de ses usines de production d'amiante-ciment. Des centaines de victimes et de proches endeuillés, la photo de leurs disparus à la boutonnière, avaient écouté l'énoncé du verdict dans un silence de plomb.

À vingt-six années de distance, nous avions accueilli la nouvelle du même poing rageur levé à la fin du discours combatif de Louis Poggi devant la porte des Chantiers.

La porte des Chantiers paraissait gigantesque, comme soulevée par un bras invisible à la force herculéenne. La lumière traversait son arc de triomphe. Le bleu du ciel caracolait autour d'elle et remplissait le cadre. La photographie avait été prise en contre-plongée. J'avais choisi de la contrecoller sur un simple support en aluminium pour ne pas en dénaturer le rendu.

— Comment vous la trouvez ?

J'ai levé les yeux. Un jeune homme se tenait sur le seuil de l'atelier.

— Je ne l'avais jamais vue sous cet angle.

— Elle est magnifique. Je voulais qu'elle dévore tout le cadre. Qu'il n'y ait rien d'autre qu'elle. Ni bassins, ni grues, ni même la mer.

— Eh bien, je crois que c'est réussi.

Il s'est avancé pour me saluer.

— Jules Saviani. Je suis photographe amateur.

J'ai eu une hésitation.

— Saviani ?

— Mon père travaillait aux Chantiers. À l'emboutissage. Jeanne m'a dit que vous étiez aussi un ancien de la maison. Vous l'avez peut-être connu ?

J'ai réfléchi un instant.

— À la grande presse, il y avait un petit moustachu, un peu nerveux. Il portait toujours un béret. À cause de ça, on l'appelait le Basque. Et puis un plus grand, sec, plutôt discret.

— Le grand sec, c'était mon père.

— Il avait un diminutif, non ?

— Gu. Son prénom c'est Gustave.

— Oui, c'est ça, Gu. Je me souviens maintenant de votre père.

Je n'ai pas osé lui demander ce qu'il était devenu. J'ai montré du doigt la photo.

— Je l'ai montée en poster. Je trouve que c'est mieux qu'encadrée.

— Oui, je préfère aussi. C'est une bonne idée. Je voulais faire un essai avec un premier cliché.

— Vous en avez d'autres ?

— Quelques-uns, mais il faut encore les retravailler. J'ai commencé une série sur les Chantiers.

— Y a encore des gens que ça peut intéresser ?

— Oui, moi. Et beaucoup d'autres personnes, je pense…

Je l'ai regardé. Il avait la certitude de quelqu'un qui part à la pêche au trésor les mains nues. Il a repris :

— À ce propos, je me demandais… Vous accepteriez de poser pour moi ?

J'ai souri.

— Moi, me photographier ?

— Oui. J'aimerais faire des portraits d'anciens ouvriers des Chantiers. D'ailleurs, si vous pouviez me mettre en relation avec certains d'entre eux… Vous avez dû garder des contacts…

— Ça peut se faire.

Il a pris son poster sous le bras, et a retenu un instant ma main dans la sienne.

157

— Et vous ? On vous appelait comment aux Chantiers ? Vous aviez aussi un diminutif ? Un surnom ?

— Narval. On m'appelait Narval.

Ce soir-là, en rentrant du Passe-partout, j'ai pensé, tout en marchant, au verre que je prendrais avec Louise en arrivant, comme on en avait l'habitude quand nous nous consacrions encore du temps l'un à l'autre, hors de nos refuges. Je me suis dit que j'allais lui raconter cette rencontre avec le jeune photographe. Qu'elle lui plairait sans doute. Je sais, c'était irrationnel. Mais j'avais besoin de parler à Louise. D'avoir sa présence auprès de moi. Ou au moins d'entendre le son de sa voix. Je me serais contenté de sa voix. Sans que nos visages puissent exprimer d'intérêt ou d'indifférence pour ce que disait l'autre. Oui ! Cela m'aurait suffi. Juste son oreille et sa voix. Et dire que je n'avais même pas son numéro de téléphone ! En avait-elle un d'ailleurs, dans son pays reculé ? Et puis, l'appeler, comme ça, vingt ans plus tard, pour ce motif... Allô, Louise ! C'est moi, Narval. Je t'appelle pour te raconter ma rencontre avec Jules, un jeune photographe. Tu ne le connais pas. Je ne le connaissais pas non plus jusqu'à aujourd'hui. Il veut faire des portraits d'anciens ouvriers des Chantiers. Tu te rends compte ! De gens dont plus personne ne parle depuis longtemps. J'ai eu la sensation que c'était important pour lui... Hum ! J'aurais paru ridicule. Alors, pour la première fois depuis son départ, je lui ai écrit.

L'état de santé de Barbe s'était subitement dégradé à l'automne 2012. Il avait dû subir en urgence une ablation du larynx. On avait pratiqué une incision au niveau de sa trachée et fait glisser à l'intérieur une canule. Il ne respirait plus ni par la bouche ni par le nez, mais par cette ouverture qu'un voile de gaze protégeait. Pendant plusieurs semaines, il avait été réduit au silence. Puis une rééducation vocale l'avait autorisé à ce sifflement de mots qui semblait sorti tout droit d'une bouche d'aération.

Je lui rendais visite une fois par semaine. Je passais une heure ou deux à tendre l'oreille. Il avait la volonté de parler, mais se fatiguait très vite. Chaque parole était un combat contre l'essoufflement. Cela provoquait chez lui une irritation perceptible. Je voyais ses muscles se contracter, ses mains s'agripper aux accoudoirs du fauteuil dans lequel il passait la majeure partie de ses journées. Le plus souvent, je me taisais, et ne lui proposais qu'une présence bienveillante.

Parfois Mangefer et Filoche m'accompagnaient. Ce dernier avait beaucoup de mal à supporter la vue de notre camarade, amaigri, ramassé sur son assise comme une pelote de chair et d'os. Mais c'était ce trou invisible dans son cou qui l'obsédait. Il ne pouvait détacher son regard du foulard qui le dissimulait. Dans son esprit, plus encore que pour Cochise – peut-être parce que pour lui, nous n'avions d'images de sa maladie que celles rapportées par Mona –, les dégâts de l'amiante se résumaient à ce gouffre effrayant ouvert à la surface du corps de Barbe. Que cette ouverture eût été pratiquée par un acte chirurgical lui importait peu. Elle était avant tout l'expression de la chute d'un corps. La vision brutale de sa dégradation. Si désormais l'amiante avait un visage, c'était celui de Barbe. Cette dérivation artificielle qu'elle avait ouverte en lui. Cette ventilation forcée, comme celle autrefois censée renouveler l'air vicié que nous respirions dans la Machine, qu'elle avait exigée. Ce bruit lancinant qu'elle laissait entendre à chacune des respirations de sa victime. Cette voix qu'elle déformait au point de la rendre nasillarde. Ce souffle qu'elle lui retirait peu à peu. Cette mort qu'elle appelait doucement.

Chaque fois que nous quittions notre camarade, Filoche répétait son vertige. Il était responsable. Il avait participé à ensemencer tout ça. Dans le pire de ses délires, il se dépeignait en marchand de sable épouvantable pailletant nos vies de poudre blanche et participant à notre endormissement. Lui élu sans le savoir par la fibre. Épargné par elle de l'avoir si bien servie. Comme immunisé contre un malheur réservé aux autres.

Avec Mangefer, nous avions beau essayer de lui démontrer qu'il n'était qu'une victime parmi le nombre. Que ce n'était ni à lui ni à nous de faire le tri de nos actes et de nos manquements dans cette affaire. Qu'on connaissait désormais les coupables, leurs fonctions, leurs rôles bien établis. Ceux qui par profit plus que par négligence avaient choisi le rendement de la dame blanche au détriment de nos vies. Que c'était à eux désormais de rendre des comptes devant la justice. Nous parlions en pure perte. Il ne nous écoutait pas. Il ne suivait plus que sa voix intérieure. Soumis à sa névrose. Physiquement, il s'éteignait. Le corps tassé, le visage bouffi, la démarche hésitante, un laisser-aller dans son accoutrement que nous ne lui avions jamais connu, lui autrefois si coquet, toujours cravaté les dimanches sur le port, sur son trente et un aux occasions. Séducteur dans l'âme. C'était comme une lise dans laquelle il s'enfonçait. Il ne se débattait pas. Il acceptait son sort. Juste tribut.

L'aider à en sortir. Oui ! Mais comment ? La question nous taraudait. Nous n'étions pas de cette génération ni de ce milieu qui regardaient la dépression comme une maladie évidente. Nous savions que certains ouvriers l'avaient connue après la fermeture des Chantiers. Qu'elle les avait parfois conduits au pire. Mais nous avions jusqu'alors vu la chose de loin, comme un dégât collatéral. Voilà qu'elle touchait désormais notre ami de la façon la plus inattendue. La nommer était le moins que nous puissions faire. Même si Filoche ne voulait pas l'entendre. Je ne suis pas fou, niait-il avec force, alors que nous lui proposions de voir quelqu'un qui puisse écouter sa détresse. Je suis fautif. Vous ne comprenez pas ? Fautif. J'ai joué au père Noël pendant des années. Même sans eux, j'aurais dû me rendre compte que tout ça n'était pas normal. Il y en avait partout après mon passage. Alors ça servirait à quoi que je répète tout ça devant un psychologue ? Vous croyez que ça changerait quelque chose à ce qui s'est passé ? Je ne peux pas remonter le temps. Je dois vivre avec ou me foutre en l'air. C'est tout !

J'avais fini par le soustraire de mes visites chez Barbe. Je ne lui en parlais plus, ne lui donnais plus de nouvelles de notre camarade. Et lui, volontairement ou non, ne m'en demandait pas. Il y avait une image qui me revenait souvent à son sujet. Il marchait le long d'une ligne matérialisée sur le sol sans dévier d'un pas. Je me tenais de l'autre côté et suivais sa progression, la main toujours tendue, en espérant à tout moment son déséquilibre, de ceux qui permettent de quitter les fausses routes. Mais son pied paraissait tellement affermi, dans la boue qui le crottait, qu'en vérité je n'y croyais pas.

Seul un procès pouvait encore, s'il avait lieu, le réveiller de ce cauchemar.

Jules m'avait donné rendez-vous à l'entrée du parc de la Navale. Je l'ai vu arriver, deux boîtiers photographiques croisés sur son torse et un trépied à la main, vêtu d'une veste kaki et coiffé d'un bob du même ton. J'ai eu l'impression qu'il partait pour un safari en terre inconnue. J'ai pris aussi mon ancien argentique, a-t-il dit alors que je zyeutais son barda. Il est un peu comme un animal familier, il me suit partout.

C'était la première fois que je traversais le parc. Il s'étendait entre la ville et la darse sur la partie ouest des anciens Chantiers. À défaut d'avoir pu y implanter une activité industrielle, il tenait lieu de promenade et de terrain de défoulement pour les joggeurs du dimanche. J'avais suivi de loin son aménagement, au fur et à mesure de la transformation du site. Je n'avais ni curiosité ni indifférence pour ce qu'étaient devenus les Chantiers. J'observais à la manière du promeneur qui interrompt quelques instants sa causerie solitaire, attiré par un changement dans son champ visuel.

En tout et pour tout, ne restaient que le pont levant et la porte des Chantiers. Ils se faisaient face, distants de plusieurs centaines de mètres, comme des bêtes mises en cage. Le premier était définitivement levé, telle une tour de garde, sa liaison ferroviaire à jamais coupée. Il avait fini en vestige, inscrit au patrimoine historique de la ville, échappant au tronçonnage habituel des vulgaires pièces de ferraille. La seconde n'avait plus de porte que le nom. Elle paraissait tombée du ciel, déposée là par une main divine qui veillait jalousement à sa conservation. Un peu comme ces arches en terre cuite qui annoncent parfois l'entrée des villes du Sahara, bien avant les premières maisons. La traverser était devenu un jeu d'enfants ; plusieurs d'entre eux s'égaillèrent d'ailleurs bruyamment sous sa voûte à notre passage. Derrière, la place était parsemée de constructions récentes – ici un chapiteau destiné aux expositions océanographiques, là un centre de formation pour les enseignants, un peu plus loin la Chambre des métiers et de l'artisanat – sans lien apparent les unes avec les autres. Mais le clou de cet aménagement anarchique était le casino flambant neuf. Son bloc de béton et de verre clignotait jour et nuit comme un néon en fin de vie. Des gens en sortaient et y entraient, la plupart d'un âge avancé, attirés par le clinquant des bandits manchots et autres jeux de hasard. Les quais, eux, avaient été préservés, ainsi que les formes de radoub. La plus grande accueillait quelques yachts en hivernage, les autres du canotage. Les voies piétonnes avaient été tracées au cordeau, fraîchement gravillonnées et bordurées. On leur avait donné des noms : allée des Forges, allée de la Mécanique, allée des Appareilleurs, placardés sur de jolis panonceaux de couleur bleue, histoire de ne pas oublier totalement le monde d'avant. J'avais l'impression de me déplacer au milieu d'un jeu géant de Lego en construction né d'un esprit désorienté. Je me suis demandé où était le projet dans tout cela. Ce qui le guidait. Sinon la nécessité de combler un vide insupportable pour les collectivités locales qui s'étaient succédé après le démantèlement des anciennes infrastructures.

Nous marchions, nous éloignant peu à peu de la darse en direction de la corniche. J'ai commencé à raconter sans m'en rendre compte, ni que mon accompagnateur m'y invitât. Je me suis mis à dérouler le récit des Chantiers sans ordre établi ni chronologie. Comme ça me venait à l'esprit… Les lieux, les dates, les personnages, les événements, les carénages, la Machine, la camaraderie, la lutte, tous les épisodes qui avaient précédé notre chute. De temps en temps, Jules déclenchait son reflex. Il tournait autour de moi avec son objectif. Je voyais sa chevelure bouclée, sa main qui masquait une partie de son visage. J'entendais les déclics de son appareil. Je parlais, le débit régulier, l'intonation maîtrisée, le souffle tenu. Sans pause. Je n'attendais de sa part aucune question, aucune relance. Je relatais le vécu. Le restituais à ma convenance. Le dramatisais, l'enjolivais, le déformais à ma guise. Je plantais le décor, les didascalies. Je rappelais les faits. J'improvisais les dialogues. Je récrivais l'histoire. Qui pouvait m'opposer la sienne ? Une autre vérité ? J'étais le scénariste, le metteur en scène, le monteur, le projectionniste. J'étais le narrateur, le témoin, le personnage principal. J'étais la voix off.

Nous sommes parvenus devant la baie de Balaguier. Je me suis tu, le récit interrompu ou achevé, je ne sais pas. Là en débutait un autre, plus intime, insondable, indicible, appartenant au secret. Depuis notre départ du parc de la Navale, le vent avait pris le large, la mer s'était calmée. Je me suis avancé jusqu'au bord du quai. *La Zaca* était là devant moi, fantôme tirant sur son cordage comme un forcené. Je me suis accroupi

devant le bollard, j'ai fait mine de dénouer l'amarre, et
je suis resté un moment ainsi, à la regarder s'éloigner.
Jules est venu à ma hauteur, intrigué par mon manège.

— Qu'est-ce que vous faites ?

— Je libère le bateau d'un ami disparu. Tous les
deux me manquent.

À partir de l'année 2013, le scandale de l'amiante ressembla à l'écroulement d'un jeu de dominos qu'une main malveillante aurait déclenché en cascade. Les actions en justice s'affaissaient les unes après les autres, elles-mêmes victimes d'une maladie étrange. La liste s'allongeait au fil des mois. Dessaisissement de la juge d'instruction en charge du dossier au pôle de santé publique. Rejet des responsabilités des membres du CPA et des fonctionnaires de l'époque. Arrêts de cours d'appel annulant les mises en examen de responsables d'usines. Non-lieux dans les affaires en cours : Condé-sur-Noireau, Amisol, Jussieu. La lenteur des procédures menait à l'épaississement des dossiers quand ceux-ci ne se refermaient pas tout bonnement. Cela paraissait prendre la tournure d'un lent pourrissement. On aurait cru un arbre atteint de carie des racines dont on attendait la dislocation, puis la décomposition.

Les Chantiers n'étaient qu'une branche parmi d'autres. Nous avions compris que leur disparition ne serait définitive qu'avec notre extinction. Depuis bientôt trente ans, la fibre se chargeait méticuleusement de finir le sale boulot. Elle avançait à son rythme, indépendamment de toute mesure humaine. Sa lenteur nous paraissait presque surnaturelle. La durée de sa marche macabre était peut-être pire que les affections pulmonaires qu'elle provoquait. Encore plus irrespirable. Cela ressemblait à ces sentences dont l'exécution est toujours à venir, leur date programmée du jour au lendemain après une période plus ou moins longue d'incertitude, quelquefois des années. Nous regardions les chiffres des décès comme un horizon noir vers lequel nous avancions à l'aveugle. Quelque chose grondait au loin. Le rugissement d'une tempête. Un tourbillon dans lequel nous serions pris tôt ou tard pour la plupart. La prévision était formelle. L'amiante tuerait ses malades par dizaines de milliers d'ici l'année 2050. Les rescapés, eux, resteraient à jamais ignorants du miracle. Ils garderaient cette anxiété pour seul préjudice – qu'on leur reconnaissait à présent. C'était une vision proprement démoniaque du reste de nos vies. Une condamnation au nom d'un passé que nous avions accepté, choisi, revendiqué, défendu, usé jusqu'à la corde de nos consciences ouvrières. Ainsi, nous étions ramenés là d'où nous venions, et nos pères avec. Il avait fallu que la fibre et ses particules tombent sur les têtes de quelques-uns dans un laboratoire universitaire parisien pour que l'histoire ne s'écrive pas dans l'entre-soi de ce monde industriel auquel nous avions servi de chair à canon.

Nous en parlions souvent avec Barbe avant qu'il ne tombe malade. L'amiante interdite en France depuis longtemps, la fibre restant encore à extirper partout où on l'avait insérée, agrégée, floquée. L'idée d'un procès pénal cheminait péniblement dans l'anonymat, tel un cheval de trait épuisé par les labours à répétition. La plainte fondamentale contre X déposée par l'association nationale au nom de toutes les victimes remontait déjà à plus de quinze ans. Barbe regardait tout ça avec lucidité.

— Faut pas se leurrer, s'il y a un jour un procès, ça prendra du temps. Beaucoup de temps. Et le temps, certains d'entre nous n'en ont plus beaucoup devant eux.

— T'y crois pas.

— C'est pas que j'y crois pas. Mais on a un sacré handicap. On n'est pas légitimes à leurs yeux pour réclamer justice.

— On ?

— Nous. Ceux des Chantiers, des usines, des entreprises. Les travailleurs, si tu préfères…

— Pourtant, on a fait du chemin depuis. La faute inexcusable, le préjudice d'anxiété. Ils ont commencé à plier.

— Oui. Mais au pénal c'est différent. Ils jouent leurs vies contre les nôtres. Et ça, c'est inacceptable pour eux ! Déjà à l'époque, tu crois qu'on aurait été entendus de la même manière sans ceux de Jussieu ? Tu crois que si la fibre s'était attaquée qu'à nous, ils auraient vu les choses du même œil ? Oui, ils auraient fini par l'interdire. Bien plus tard. Ils nous auraient indemnisés aussi, ils pouvaient pas faire autrement. Mais ils auraient considéré l'amiante comme appartenant à notre histoire. Celle de notre classe.

— À Casale Monferrato, ils y sont arrivés. Ils l'ont eu, leur grand procès.

— C'est pas comparable, Narval. Là-bas, la « puvri » a pollué toute la ville. Il y en avait partout, dans les rues, sur les rives du Pô. Les gens vivaient avec, les enfants jouaient au milieu. Eternit, c'était leur Vésuve. Nous, elle restait enfouie. Elle se montrait pas en plein jour.

169

Comme une pieuvre sous le sable. Les seuls qui la voyaient, c'étaient ceux qui la nourrissaient.

Je me suis remémoré cette discussion quand, au début de l'automne de cette même année, Mangefer m'a donné à lire le compte rendu de la dernière expertise judiciaire. Celle-ci estimait impossible de déterminer avec précision le moment de l'exposition, ni celui de la contamination. Il aurait fallu dater. Comme on le ferait d'une guerre, de son déclenchement à sa première victime. Or la fibre est entrée dans nos poumons tout au long de notre vie professionnelle. Elle nous a rendus malades bien avant que nous le sachions. Aucune datation n'était possible. C'était comme suivre la trace d'un fantôme et ses manifestations invisibles. Les conclusions de l'expertise étaient à nos dépens. Elles dédouanaient une fois pour toutes les responsables.

Barbe avait raison. Il allait crever bien avant que ce procès n'ait lieu. S'il se tenait un jour. Chacune de mes nouvelles visites le trouvait un peu plus diminué. J'en repartais atteint. Le sifflement de sa voix perdurait au creux de mon oreille bien après mon départ. Il griffait mes pensées comme un disque rayé. Je rentrais chez moi avec son écho. Je posais un vinyle sur la platine. Je m'allongeais sur le sofa. Et j'attendais que la ligne mélodique de Thelonious Monk ou de Sonny Rollins finisse par le remplacer.

Une étrange folie possède les classes ouvrières des nations où règne la civilisation capitaliste. Cette folie traîne à sa suite des misères individuelles et sociales qui, depuis deux siècles, torturent la triste humanité. Cette folie est l'amour du travail, la passion moribonde du travail, poussée jusqu'à l'épuisement des forces vitales de l'individu et de sa progéniture.

Je relis les premières lignes du *Droit à la paresse*. Elles résonnent comme un retentissant réquisitoire contre une sorte de suicide passionnel qui ressemble étrangement au nôtre.

Louise m'a offert l'opuscule de Paul Lafargue au plus fort du combat pour la survie des Chantiers. Elle me l'a mis entre les mains, dans une librairie où je l'accompagnais parfois sur le chemin de la Phonothèque. Tu connais ? De nom, ai-je répondu. Lis-le ! Je l'ai exhumé de ce carton qu'elle a laissé en partant. Sans doute y serait-il encore si la lettre que je viens de recevoir de sa part, en réponse à la mienne, n'y faisait pas explicitement référence :

... et si votre véritable maladie professionnelle, c'était le travail ? Ce travail que toi et tes camarades

171

avez élevé à la hauteur d'un empire. Ce travail que vous avez glorifié comme une religion pendant des décennies. Ce travail qui vous a claqué la porte au nez sans que vous puissiez faire quoi que ce soit. Qui vous a tout pris, votre vigueur et votre santé. Et si ce n'était rien d'autre que lui, le responsable de tout ça…

Pour la première fois, j'étais animé d'un sentiment contradictoire. D'un côté, je voyais mourir mes camarades, dépossédés de tout, leur fin de vie comme leur dignité. J'en connaissais la raison, la dame blanche démasquée, ses protecteurs mis au banc des accusés, leurs actes dont ils devaient répondre. Vis-à-vis d'eux, ma colère ne s'apaiserait jamais. Je la leur devais intimement et infiniment. De l'autre, j'observais la dépression de Filoche. Elle ne cessait de m'interroger. Je cherchais à comprendre ce qu'elle disait de notre responsabilité collective. De ce que nous avions accepté au nom d'un mouvement qui nous avait façonnés. Un mouvement qui longtemps nous avait fait marcher droits et fiers, cent trente ans pour les Chantiers, bien davantage pour les Charbonnages et la sidérurgie. Qui nous avait rendus dignes à nos yeux, à ceux de nos proches et de toute une ville, de régions entières. Et pourtant ! Ce mouvement n'avait rien pu faire pour empêcher la fermeture de nos sites, nos bassins, nos gisements, les envoyant au mieux au musée, au pire à la démolition, nos histoires, nos identités, nos existences balayées par des forces qui en quelques années nous avaient désolidarisés, comme on détricote une maille en tirant simplement sur le fil le plus fragile.

Alors ! Et si Lafargue avait vu juste ? Si nous n'avions été que l'instrument de notre asservissement ? Et nos exploiteurs – patronat, gouvernants, CPA –, ceux qui avaient serré et desserré au fil de nos luttes le joug que nous avions contribué à installer ? Jusqu'à un jour ne plus vouloir de nous, la balance du profit pour eux trop déséquilibrée. Quittant la table de jeu sans le courage d'un dernier pari, comme ailleurs à Longwy ou à Creutzwald. Nous laissant les bras ballants, la mort dans l'âme, et cette amertume en bouche qui ne nous a pas quittés.

Peut-être ! Mais pouvions-nous jouer un autre rôle ? Un rôle qui nous aurait donné les mains libres ? Le voulions-nous seulement ? Je me souviens de discussions entre Barbe et Cochise, ce dernier partisan de l'autogestion que son contradicteur qualifiait d'irréaliste. J'écoutais Cochise ; j'ai toujours aimé écouter Cochise. Il y avait chez lui cette légèreté qui prenait la vie par le meilleur des bouts sans savoir où elle le conduirait. Je trouvais son idée séduisante. Nous en rediscutions pendant les pauses. Il avait ses arguments et savait être convaincant. J'imaginais son idéal sans croire vraiment à sa réalisation. Comme un cerf-volant auquel on laisse prendre de la hauteur, mais dont on sait qu'il ne s'envolera jamais, tenu ferme par le fil prêt à le ramener à tout moment sur terre.

Et puis la fin de la journée de travail arrivait. Sous la lumière vespérale des vestiaires, je retrouvais mon père, l'Horloger, Cornière. Je les observais, le geste précautionneux, suspendre au cintre leurs vêtements de travail, passer leurs habits de ville comme s'il s'agissait de ceux du dimanche. J'apercevais leur casier ouvert, cette panoplie en guirlande qui résumait toute leur vie professionnelle. Photographies de carénages légendaires, eux vêtus de blousons de mer ou de simples marcels selon la saison, de camaraderies à la pelle devant les braseros, le verre à la main, articles de presse sur des lancements de navires, pièces d'usinage comme objets précieux exposés en vitrine – la fameuse clé à queue-d'aronde pour mon père –, médailles du travail suspendues aux crochets. Je sentais tout le poids de la transmission, l'irréversibilité de ma condition. Comme si, à eux seuls, ils représentaient l'assurance de ma vie et l'immuabilité de ma classe.

Je passais la porte des Chantiers dans leurs pas. J'oubliais l'utopie de Cochise. Je retrouvais Louise qui me parlait déjà de la sienne. Quelque chose m'empêchait, malgré l'amour que je lui portais, de la faire mienne. Quelque chose qui ne m'a jamais quitté. Un souvenir – à moins que ce ne soit plus sûrement un rêve – qui surgissait alors à la surface de ces instants… Celui d'un 1er Mai où je défile aux côtés de mon père, ma fierté de lever le poing en même temps que lui. Combien de fois l'ai-je fait depuis sa disparition ?

— On monte à Paris en délégation le 26 du mois prochain à l'audience de la Cour de cassation. Tu en es ?

— Bien sûr.

— Il y aura ceux de Dunkerque et de Condé-
sur-Noireau, et leurs familles. Plus on sera nombreux,
mieux ce sera.

— Et Barbe et Filoche ? j'ai demandé.

— Tu as raison. On les emmène avec nous. On se
débrouillera…

— Et aussi Cochise, j'ai ajouté sans réfléchir.

Mangefer a laissé passer un silence au bout de l'appareil.

— Oui, Cochise, bien sûr. C'est aussi pour lui et
tous les autres qui y ont laissé leur peau qu'on y sera…

Je me demande ce que Cochise aurait accepté de
ce combat. Si seulement il aurait pris sa part. Non
pas qu'il ne l'aurait pas trouvé juste. Mais il y avait
chez lui une chose qu'il plaçait au-dessus de toute
lutte. Quelle qu'elle soit. C'était sa liberté. Pour elle,
il n'était pas prêt à transiger, même au prix de la perte
des amitiés. Je l'avais mesuré au moment de la fermeture des Chantiers, compris et admis par la suite.

175

Face à la maladie, il n'avait pas renoncé. Tout au contraire, il avait choisi. Il s'en était libéré de la seule manière qui avait valu à ses yeux, en l'abrégeant. Mona n'avait pas cherché à le dissuader, trop attachée à son libre arbitre pour empêcher l'homme qu'elle aimait d'exercer le sien. Nous ne nous devions rien, m'avait-elle dit. Juste rendre nos jours plus jolis. Le reste appartenait à chacun de nous.

Je l'avais revue à trois ou quatre reprises après la disparition de Cochise. La dernière fois à l'automne 2012. Barbe venait tout juste d'être opéré, son image dégradée hantait mon esprit. Mais je m'étais gardé de lui en parler. Malgré ses réticences, je lui avais donné un coup de main pour vider une remise qu'elle voulait aménager pour l'hiver ; il me restait encore un peu de souffle à partager. Elle m'avait trouvé changé, le crâne un peu plus dégarni, les poches accentuées sous mes yeux, ces sillons qui allaient galopant sur mon front, ce bouc que je m'étais laissé pousser. Il faut dire que je laissais passer tellement de temps entre deux visites que je ne devais jamais lui présenter la même tête. Elle, à l'inverse, ne bougeait pas d'un cil. Ou alors je refusais de voir ce que le temps lui infligeait ; par moments j'arrête sa course pour pouvoir le supporter. Et puis je me fiais à ma mémoire. Et dans mon souvenir, Mona restait éternellement belle.

Elle n'avait jamais quitté la Bergerie. La mort de Cochise n'avait rien arrêté de l'histoire qu'ils avaient débutée ensemble. Elle retournait la terre, taillait les arbres fruitiers, aidait les brebis à l'agnelage, réparait ce qui devait l'être. Elle avait même réactivé la forge, et s'était mise à souffler ce verre que mon camarade n'avait pas eu le temps de cueillir. Les saisons, les bêtes, l'entretien du domaine n'attendent pas, avait-elle dit, les mains sur les hanches pour reprendre son souffle. Elle vivait seule. Indépendante. D'autres hommes s'arrêtaient-ils parfois à la Bergerie avec son consentement ? Probablement. Ce n'était pas cette fidélité-là qu'elle disait devoir à Cochise. Mais celle qui les avait unis autour d'une même façon d'aborder la vie, dans la clarté des sentiments et le respect des libertés de chacun. Celle-là même que je n'avais jamais su créer avec Louise. Ou si peu que le quotidien l'avait emportée en quelques années comme feuille au vent. J'avais fini par envier Cochise. Ses refus, ses choix, jusqu'à ses silences grandissaient sa vie, quand mes attaches, mes doutes, mes impuissances réduisaient la mienne. Lui avait tout quitté pour les beaux yeux de Mona. Des Chantiers, il s'était séparé sans bruit. Sa Bergerie avait un côté palais idéal du facteur Cheval, et dans sa tête, il n'avait jamais cessé de naviguer vers la baie d'Acapulco à bord de *La Zaca*. Moi, j'étais resté à quai, enraciné dans la ville, mis aux fers par la nostalgie du passé, Louise descendue en cours de route d'un manège que je faisais tourner sur place.

Si Cochise avait survécu, je ne sais pas quel aurait été le salut de notre amitié. Si j'aurais poussé plus avant sur ce libre chemin qu'il proposait. Je garde au fond de moi la peine d'avoir trop attendu avant de renouer avec lui. De ne pas être revenu par la suite, le sachant malade. Souvent le manque ne s'exprime pas, quand les larmes ne coulent pas encore.

À la fin de l'année 2014, j'ai arrêté mon travail au Passe-partout. J'ai annoncé à Jeanne que je ne reviendrais pas après le congé des fêtes de fin d'année. Je la prenais par surprise, et ne lui laissais guère le loisir de se retourner. Pourtant elle ne marqua aucun désappointement. Elle me répondit sans faillir qu'elle verrait à s'organiser. Je ne lui donnai d'autre explication que la nécessité de retrouver « du temps pour moi ». Mais au fond de moi, le besoin de faire la part des choses dans le fourre-tout de mon existence était devenu impérieux. Quelque chose me pressait désormais, que l'idée d'un procès précipitait. Avec sa discrétion habituelle, Jeanne ne m'en réclama pas davantage.

J'aimais cette femme pour cela. Il n'y avait chez elle aucune ambition déclarée, sinon celle de sonner juste dans le concert avec ses semblables. À une époque où nous étions nombreux à être désorientés après la fermeture des Chantiers, sa main tendue avait été précieuse. Elle ne fut pas la seule. Plusieurs de mes camarades trouvèrent au cœur de la ville les ressources nécessaires à leur réinsertion sociale. Au final, le reclassement fut effectif pour la majorité d'entre nous, même si peu retrouvèrent l'allant du temps des

Chantiers. Peut-être aussi notre jeunesse l'avait-elle épuisé ? Et puis l'amiante avait instillé son venin d'anxiété chez ceux qu'elle épargnait encore, tuant les meilleures volontés.

Jeanne, à sa manière, m'avait redonné la fierté du travail accompli. Je lui en serais éternellement reconnaissant. À l'instant de partir, je me suis retrouvé comme un môme, emprunté, privé des mots que j'aurais aimé lui dire. Elle a essuyé furtivement une larme au coin de ses yeux, bredouillé quelques paroles. Est-ce utile que je te dise que le Passe-partout te reste grand ouvert si tu souhaites un jour y revenir ? Pris ma main, me faisant promettre de passer de temps en temps lui donner de mes nouvelles. Nous avions l'air de deux amants sur un quai de gare. J'ai souri, ne sachant rien lui offrir d'autre que cette attitude un peu empruntée. Puis elle m'a embrassé affectueusement, et regardé pousser pour la dernière fois la porte au fond de l'atelier qui donnait sur la rue.

Ce soir-là, j'ai écrit sur mon carnet :

Il n'y aura pas de reconnaissance définitive de notre condition tant que notre parole ne sera pas jetée à la face des responsables de ce scandale. Tant qu'ils n'auront pas écouté ce que nous avons à dire de tout cela et de nous-mêmes, eux muets, tassés, empesés, les mains moites, la gorge sèche dans leurs box. Tant que l'on ne leur rappellera pas d'où nous parlons, venons, de quoi nous étions fiers et dignes. Tant qu'on ne leur dira pas froidement à la face comment ils nous ont floués, salis, menti, comment ils ont abusé de nos forces, de nos corps, de nos vies. Tant qu'ils n'entendront pas de la bouche de ceux habilités à en juger, en droit et en recherche de vérité, dans la

179

seule enceinte qui vaille, celle d'un tribunal, le verdict porté à leurs oreilles et aux nôtres. Tant qu'ils ne seront pas condamnés pour ce qu'ils ont fait au nom de leur rentabilité. À nous et à notre classe.

Jules a posé sur la table un paquet de photos, et fait glisser son index sur le dessus pour l'ouvrir en éventail à la façon d'un jeu de cartes.

— Je vous ai apporté les tirages de la semaine dernière. Je viens juste de les développer.

Il m'avait donné rendez-vous à la Régence. Nous étions arrivés en même temps. Une semaine auparavant, il avait fait avec nous le déplacement à Paris, à la Cour de cassation. Derrière son reflex, il avait photographié tout au long de cette journée particulière notre manifestation silencieuse. Il avait tout saisi. Comme en plein vol. De notre arrivée au 5, quai de l'Horloge à notre retour en gare : nos silhouettes figées, nos visages fermés, nos têtes encapuchonnées, nos morts encartés, nos slogans sur les tissus déroulés, nos poignées de main, nos accolades fraternelles, nos poings dressés sur le quai refroidi… Et toute cette colère muette, une fois l'arrêt de la Cour rendu. À sa façon, il avait plus écrit sur la réalité de notre histoire que tous ceux qui l'avaient étalée au grand jour pendant des années dans la presse, avant de l'oublier. Comme, au cimetière, les tombes abandonnées.

Il a posé sa main sur mon bras, comme l'aurait fait un vieux pote.

— Vous ne devez pas renoncer.

Je lui ai rendu son geste de camaraderie.

— Rassure-toi. Personne n'en a l'intention. Pas plus l'association que les avocats, ni aucun d'entre nous. Et puis ce n'est pas le premier arrêt qui nous est défavorable. On va pas se laisser démonter, on lâchera pas l'affaire, tu peux me croire… En tout cas, je voulais te remercier d'avoir accepté de nous accompagner.

— C'était aussi important pour moi.

— J'avais un peu compris.

— Qu'est-ce que vous aviez compris ?

— Depuis notre virée aux anciens Chantiers, j'ai compris que ce n'était pas seulement photographier qui t'importait…

Il a souri.

— C'est vrai. Je recherchais aussi quelqu'un qui accepterait de me raconter l'histoire des Chantiers. Quelqu'un qui l'aurait vécue de l'intérieur. Dès notre première rencontre au Passe-partout, j'avais cette idée en tête.

— Quelqu'un éventuellement qui ne serait pas ton père…

Il m'a regardé un instant, avant de me faire son aveu.

— Mon père… J'étais trop jeune, à l'époque. Un peu tête de con aussi. On était trop loin, lui et moi. Je le voyais même pas. Je le croisais à peine au souper. Ça ne m'intéressait pas, sa vie d'ouvrier. J'en avais même un peu honte. Même après, quand j'ai commencé à sortir de ma bulle, je n'ai pas cherché à en connaître davantage sur ce qu'il vivait, ce qu'il en disait parfois, à table, quand les Chantiers ont fermé.

Il parlait si peu. Il fallait lui voler les mots. Ma mère s'épuisait à le questionner. Moi, je sentais bien qu'il aurait aimé en dire plus, qu'il aurait aimé raconter. Il fallait juste l'aider. Oui, c'est ça ! Je crois qu'il aurait fallu l'aider… Parfois j'y pensais après qu'il a arrêté de bosser. Je me disais : aujourd'hui, tu prends une heure avec lui. Et puis je remettais toujours la chose au lendemain. J'ai laissé filer le temps sans broncher. Quand il est tombé malade, c'était trop tard. Il avait plus de souffle à donner pour tout ça. Je l'ai laissé partir avec son chargement.

Il a baissé les yeux.

— Il est mort comme Cochise, votre ami. En deux deux.

Un silence est passé dans le brouhaha du café. J'ai montré une des photos où on nous voyait, tous les quatre, au premier plan.

— Je peux l'emporter, celle-là ?

— Bien sûr. Prenez toutes celles qui vous intéressent…

— Merci. Celle-ci suffira.

J'ai ouvert mon portefeuille, et je l'ai rangée à l'intérieur, avec d'autres que je conservais comme des reliques sans trop savoir pourquoi. Des photos anciennes. Ma mère. Ma sœur. La façade de notre maison familiale, le linge aux fenêtres. Louise sur les rochers, après Balaguier, là où nous nous étions connus. Moi, quelques semaines après mon embauche aux Chantiers, dans la Machine de l'*Iridina*, un des premiers méthaniers qu'avaient mis en carénage les Chantiers, la date au dos qui me fait encore la figure juvénile, tous les camarades déjà là, autour de moi : Barbe, Filoche, Mangefer, Cochise, l'Horloger, Cornière. Comme une garde rapprochée. Seul mon père manque sur ce cliché.

Comme sur tous les autres. Il n'aimait pas ça, se faire photographier. Il se dérobait toujours quand il voyait apparaître le moindre objectif. Quelque chose l'incommodait à se prêter à l'exercice. La lumière, peut-être. Celle, factice, que s'octroyaient les hommes avec inconvenance. C'est peu dire que le temps présent lui aurait déplu.

Après avoir quitté Jules, j'ai rendu visite à Barbe, comme je le fais chaque jour désormais. Le voyage à Paris l'avait épuisé, mais je le sentais heureux d'y avoir participé. Il s'exprimait de plus en plus difficilement. Je m'efforçais de suivre le mouvement de ses lèvres pour comprendre, comme autrefois dans le bruit infernal de la Machine. Le temps qui lui restait à vivre était incertain : quelques mois au plus. J'avais décidé de prendre soin de lui. Comme de Filoche. Mes amis, ceux avec lesquels, plus que jamais, j'allais de pair.

Ma chance était que l'amiante continuait à m'accorder sa grâce. Je me pliais aux radios de contrôle et autres examens pulmonaires. Les rayons X délivraient invariablement les mêmes clichés grisâtres qui rappelaient ceux d'un tabagisme excessif. Je vivais à ventilation forcée, mais je ne ressentais aucune gêne particulière. J'économisais mes efforts comme les quatre sous d'une épargne. Depuis tout ce temps, la maladie jouait à cache-cache avec moi. J'étais devenu son faire-valoir. Elle était là, installée confortablement dans mes poumons comme dans ses pénates. Plus rien ne pouvait la déloger. Je crois qu'elle paressait, ou qu'elle s'en donnait l'air.

J'ai cinq ou six ans. Je suis juché sur un bollard. Fier comme Artaban, j'arrive presque à hauteur d'épaule de mon père. Le printemps touche à sa fin. Le soleil est au plus haut. Ses rayons tombent à pic sur la mer qui clapote. On m'a mis un vêtement à col marin, affublé d'une lavallière qui bâille sur ma poitrine. Ma mère et ma sœur portent des robes à fleurs et des chapeaux de paille. Autour de nous, des milliers de personnes sont rassemblées, le pont levant, les terre-pleins et les quais envahis. Les Chantiers ont ouvert au public tôt le matin. La ville s'y est engouffrée en habits du dimanche dans une procession silencieuse, comme on entre à l'office. C'est un jour chômé. Un jour de kermesse. Mon père s'est mis sur son trente et un. Il a le visage bienheureux, le sourire marqué du premier communiant qu'il n'a jamais été. Tout à coup, une clameur monte. Comme celle d'une libération. Je me dresse sur la pointe des pieds, sautille désespérément sur place pour apercevoir un bout du spectacle. Devant moi, les grandes personnes font écran tels de hauts arbres cachant la lumière dans une futaie. Mon père avise mon désarroi du coin de l'œil. Il me soulève comme un ballot de plumes par les aisselles,

185

et me hisse sur ses épaules. Me voilà tout à coup vigie sur un grand mât. Je mets mes mains en visière à défaut de lunette grossissante. Au bout de la grande forme, une porte flottante s'ouvre. Un navire géant glisse telle une savonnette sur un plan incliné dans la darse. Avec son ventre proéminent, il me fait penser à ce grand cétacé pourchassé par le capitaine Achab dont ma sœur me lit les aventures, le soir avant de m'endormir. J'entends mon père annoncer sur un ton de fierté : Deux cent soixante mille mètres cubes. C'est le plus gros de sa génération. Son nom est tracé en grosses lettres dorées au-dessous de l'écubier, il s'échappe telle une fusée. Des remorqueurs l'entourent aussitôt à la manière de porteurs d'eau protégeant leur champion. De leurs pompes hydrauliques sortent des geysers pour saluer sa sortie. D'autres bateaux sont là, en deuxième rideau : voiliers, chaluts, pointus pour accompagner le monstre au bout de la darse. Partout flottent des drapeaux tricolores, retentissent des coups de piston, des fla de tambours, des chocs de cymbales, résonnent des flonflons à foison, fusent des acclamations. Je me mêle aux hourras et aux vivats d'une voix de crécelle. Je vois mon père dénouer sa cravate, et la faire tournoyer au bout de son bras, comme un vulgaire supporter. À mon tour, je défais ma lavallière et le copie du même geste spontané. Au bout d'un moment, il lève les yeux vers moi, s'aperçoit de mon imitation, et éclate d'un rire qui entraîne à sa suite ma mère et ma sœur.

Je l'entends encore.

# CHANSONS CITÉES

Ouvrage composé par
PCA 44400 Rezé

*Imprimé en France par* **CPI**
en février 2023
N° d'impression : 3051635

Pocket – 92 avenue de France, 75013 PARIS

S32876/01